tatort

Die Blume des Bösen

Dieses Buch ist ein Roman. Handlungen und Personen sind frei erfunden. Ähnlichkeiten mit lebenden oder toten Personen sind rein zufällig.

tatort

Die Blume des Bösen

von Martin Schüller nach einem
Drehbuch von Thomas Stiller

emons:

Agentur: WDR mediagroup licensing GmbH
Begleitbuch zur gleichnamigen ARD-Serie »Tatort«
ARD-Tatort-Koordinator: Prof. Gebhard Henke, Leiter des WDR-Programmbereiches Fersehfilm, Kino und Serie
Tatort-Drehbuchautor: Thomas Stiller
Umschlagfoto: WDR/Jens von Zoest
Umschlaggestaltung: Weusthoff-Noël, Hamburg (www.wnkd.de)
Druck und Bindung: CPI – Clausen & Bosse, Leck
Printed in Germany 2009
ISBN 978-3-89705-658-9

Wir bedanken uns bei der Redaktion des Westdeutschen Rundfunks für die freundliche Unterstützung.

Die Titelabbildung zeigt Klaus J. Behrendt als Hauptkommissar Max Ballauf und Dietmar Bär als Hauptkommissar Freddy Schenk

EINS

Heute war der Tag.

Ohne Hast zog er den Stuhl an den Tisch, setzte sich und griff nach der obersten Zeitung auf dem Stapel vor sich. Im Lokalteil des Kölner Stadt-Anzeigers fand er schnell, was er suchte, der Artikel war groß aufgemacht. Auch der Express berichtete in riesigen Lettern, ebenso die Rundschau. Sie brachte sogar ein großformatiges Foto und ein langes Interview:

»Herr Ballauf, die Stadt Köln hat Sie jüngst für Ihre hervorragenden Leistungen im Polizeidienst ausgezeichnet. Gibt es rückblickend für Sie Momente, in denen Sie das Gefühl hatten, falsche Entscheidungen getroffen zu haben?«

»Ja, mit Sicherheit. Aber in unserem Beruf muss man manchmal innerhalb von Sekunden Entscheidungen treffen, die dann nicht immer die richtigen sind. Man muss mit diesen Fehlern leben und die Vergangenheit irgendwann Vergangenheit sein lassen.«

Er ließ das Blatt sinken, und sein Blick schweifte über die Wand ihm gegenüber. Sie war übersät von Zetteln in unterschiedlichsten Größen und Farben, auch Bierdeckel waren darunter. Darauf waren Daten notiert, Uhrzeiten, Namen, Adressen. Einige Kino- und Konzertkarten hingen dort, ein Netzplan der KVB; etliche Haltestellen waren mit Filzstift markiert, daneben weitere Notizen.

Und Fotos hingen an der Wand, Aberdutzende von Fotos. Neue Fotos, teilweise neueste, aber auch etliche, die fast zehn Jahre alt waren. Sie zeigten beinahe alle ein und denselben Mann:

Hauptkommissar Max Ballauf.

Nur auf einem einzigen Bild war eine andere Person abgebildet: eine schlanke blonde Frau, attraktiv, nicht mehr ganz jung.

»Karin Diedrich« war in sauberer, klarer Handschrift mit Kugelschreiber auf den Rand des Fotos geschrieben.

Er sah es an, ohne Regung. Sein Blick wurde leer. Er vergaß die Zeit, vergaß alles um sich herum. Minuten vergingen, bis er aus seiner Phantasie wieder auftauchte. Er rieb sich die kahle Stirn – er musste sich konzentrieren! Endlich senkte sich sein Blick wieder auf die Zeitung vor ihm. Ruhig griff er nach einem dicken schwarzen Filzstift, nahm die Kappe ab und zog einen Strich quer über das Foto von Max Ballauf neben dem Interview. Er zögerte kurz, zog einen zweiten, noch dickeren Strich, einen weiteren. Seine Bewegungen wurden schneller, wütend raste der Stift über das dünne Zeitungspapier, sodass es fast riss, bis das Gesicht auf dem Bild schließlich ganz von feuchter schwarzer Farbe bedeckt war.

Für einen Moment hielt er inne und sah auf das schwarz übermalte Gesicht des Hauptkommissars. Seine harten Züge entspannten sich ein wenig.

Sorgfältig steckte er die Kappe wieder auf den Stift, öffnete eine Schublade und legte den Stift genau an den für ihn bestimmten Platz. Nach einem kurzen Blick auf seine Armbanduhr stand er auf.

Es wurde Zeit.

***

Karin Diedrich kam überpünktlich, genau wie er es erwartet hatte. Sie war nicht zu verkennen: Auch im Dunkel des Abends und durch die regenverschleierte Seitenscheibe sah er, dass sie in ihrer Rechten das verabredete Erkennungszeichen trug – eine rote Lilie. Sie hastete durch den Regen auf das Hotel zu und presste dabei die Blume an sich, als fürchte sie, jedermann wüsste, wozu sie diente.

Wenige Augenblicke nachdem sie das Hotel betreten hatte, verließ er seinen Wagen. Langsam schlenderte er an der Glasfront des Hotels entlang und beobachtete durch die großen, tropfenverhangenen Fenster ihren Weg im Inneren. Sie durchquerte das Foyer und betrat die in kühlem Chic eingerichtete Hotelbar.

Sie schien es gewohnt zu sein, sich in einer solchen Umgebung zu bewegen. Zielstrebig ging sie auf einen kleinen Tisch an der Ziegelwand zu, warf Mantel und Handtasche nachlässig auf einen der Ledersessel und nahm Platz. Die Blume legte sie quer vor sich auf den Tisch. Ein Kellner trat an ihren Tisch, und sie gab ihre Bestellung auf.

Ihr rotes Kleid leuchtete auffällig im Schein der modernen weißen Wandlampen. Sorgfältig strich sie es glatt und richtete diskret ihr Dekolleté. Sie kontrollierte noch einmal den Sitz ihrer vollen blonden Haare, dann schlug sie so elegant wie geübt die Beine übereinander und lehnte sich zurück.

Er klappte seinen Kragen gegen den Regen hoch. Das Warten konnte beginnen. Hinter ihm rauschte der Verkehr über die Opladener Straße. Ein junges Paar eilte an ihm vorbei, ohne ihn zu beachten. Ein unauffälliger Mann, der auf irgendetwas wartete. So unauffällig, dass er fast unsichtbar war.

Karin Diedrich zündete sich eine Zigarette an. Nur an der Art, wie sie heftig den Rauch einsog, erkannte er ihre Nervosität, die sie ansonsten glänzend überspielte.

Sobald ein Mann die Bar betrat, musterte sie ihn verstohlen, doch bisher hatte keiner eine rote Lilie bei sich getragen. Noch vermied sie es, auf die schmale goldene Uhr an ihrem Handgelenk zu sehen, aber ihre Blicke zeigten immer weniger Hoffnung, dass tatsächlich noch ein Mann mit einer Lilie kommen würde. Als ahne sie, enttäuscht zu werden. Wieder einmal.

Er wartete geduldig inmitten der Menschen, die an ihm vorbeihasteten, ohne ihn zu sehen; sein Blick blieb unverwandt auf Karin Diedrich gerichtet. Er sah sie eine zweite Zigarette rauchen, einen zweiten Drink bestellen. Mittlerweile blickte sie kaum noch auf, wenn jemand hereinkam, um ihren Mund lag ein verbittert wirkender Zug.

Der Regen durchnässte seinen Hut, tropfte in den hochgestellten Kragen seines Mantels. Es machte ihm nichts aus.

Karin Diedrich hatte eine dritte Zigarette angezündet. Nach wenigen Zügen drückte sie sie mit einer resignierten Bewegung in dem schweren verchromten Aschenbecher vor sich aus, zahlte und stand auf. Die Blume ließ sie betont beiläufig auf dem Tisch liegen, als hätte sie sie vergessen.

Er ging ruhig zurück zu seinem Auto. Auf dem Weg musste er sich durch eine Truppe Eishockeyfans kämpfen, deren lauthals skandierte Parolen er nicht verstand. Als er einen jungen Mann zur Seite drängte, wurde er heftig beschimpft, aber er ging unbeirrt weiter. Er musste rechtzeitig an seinem Auto sein.

Er schaffte es gerade noch, in dem Moment einzusteigen, als Karin Diedrich aus dem Hotel kam. Sie wich vor den Eishockeyfans auf die Straße aus und hastete durch den Regen zu ihrem französischen Kleinwagen.

Als sie ihren Motor anließ, startete er ebenfalls, schaltete den Scheibenwischer an und folgte ihr in sicherem Abstand. Er wusste, wie man Menschen verfolgte. Mittlerweile hatte er fast Routine darin.

Karin Diedrich fuhr über die Deutzer Brücke, offenbar ohne ihn bemerkt zu haben. Der Dom leuchtete imposant im diffusen Treiben der Regentropfen, aber sein Blick blieb starr auf die Rücklichter ihres Wagens gerichtet.

Sie ließ den Neumarkt hinter sich und fuhr am Rudolfplatz bei Gelb über den Ring. Er zögerte keine Sekunde und gab Gas, obwohl die Ampel bei ihm bereits rot leuchtete. Die Beschimpfungen der Fußgänger hörte er nicht, aber sie wären ihm auch egal gewesen.

Karin Diedrich fuhr die Aachener Straße stadtauswärts – und er wusste jetzt sicher, welches Ziel sie hatte. Er schaltete zurück, wechselte die Spur und überholte. Mit hoher Geschwindigkeit passierte er den Melatenfriedhof und bog mit quietschenden Reifen in die Oskar-Jäger-Straße ein. Es gelang ihm, die Ampel am Gürtel bei Grün zu erwischen; bald dahinter bog er auf den Parkplatz eines Apartmenthauses. Am Ende des Parkplatzes, wohin die schwache Beleuchtung der wenigen Laternen nicht reichte, stellte er seinen Wagen ab und stieg aus.

Als Karin Diedrichs Wagen auf den Parkplatz einbog, wartete er bereits im Schatten eines Rhododendronbusches.

Sie parkte das Auto und stieg aus. Er folgte ihr lautlos

durch den Regen, dicht genug, um die schwere Haustür zu erreichen, bevor sie hinter ihr ins Schloss fiel.

Sie ging zuerst auf den Lift zu, entschied sich dann aber doch für die Treppe. Müde und mit hängenden Schultern stieg sie die Stufen hinauf; er sah, wie sie im kühlen Licht des kahlen Treppenhauses fröstelte. Nichts war zu hören außer dem Klackern ihrer Absätze auf den dunklen Fliesen – er folgte ihr unbemerkt.

Im zweiten Stock bog sie in den Flur zu ihrem Apartment. Offenbar tief in Gedanken suchte sie in der Handtasche nach ihrem Wohnungsschlüssel und bemerkte ihn erst, als er sie fast schon erreicht hatte. Erschrocken fuhr sie herum, starrte ihn an und versuchte zu verstehen, was vorging.

Er packte sie am Hals.

Ihre Tasche fiel zu Boden, als sie abwehrend die Hände hob und verzweifelt versuchte, ihn von sich zu drücken. Tatsächlich schaffte sie es zunächst, ihn auf Distanz zu halten, aber ihre Kräfte erlahmten schnell. Es gelang ihm schließlich, sie gegen die Wand zu drücken und ihr den chloroformgetränkten Wattebausch auf Mund und Nase zu pressen. Nach wenigen Atemzügen sank sie zu Boden. Mit einem letzten heftigen Zittern ihres Körpers verlor sie das Bewusstsein.

***

Max Ballauf wuchtete den Koffer auf den Tisch. Beatrice hatte sich aufs Bett gesetzt und schaute aus dem Fenster.

Gedankenverloren saß sie da, ein paar Strähnen ihres langen Haars verdeckten halb die großen Augen, die Ballauf so melancholisch noch nicht gesehen hatte. Um ihren Mund mit den anziehend vollen Lippen spielte ein trauriges Lächeln.

Ballauf folgte ihrem Blick. Er ging weit über Sülz und Lindenthal, aber vom Bett aus, dort, wo Beatrice saß, sah man vermutlich wenig mehr als das graue Licht des Wintermorgens.

Er sah sich im Zimmer um. Glück gehabt, dachte er, Einzelzimmer. Mit Grausen erinnerte er sich an einen Krankenhausaufenthalt, bei dem seine beiden Bettnachbarn für weit mehr Unterhaltung gesorgt hatten, als er ertragen konnte. Kölner eben.

Beatrice sah weiter wortlos aus dem Fenster. Ihr Schweigen wurde ihm allmählich unbehaglich. Um etwas zu tun, öffnete er ihren Koffer und begann, den Inhalt sorgfältig in den Wandschrank zu räumen. Akkurat legte er T-Shirts und Pyjamas aufeinander.

»Du musst auf dein Portemonnaie aufpassen«, sagte er. »Hier im Krankenhaus, da klauen sie wie die Raben.«

Beatrice schien ihn nicht zu hören. Ihr Blick hing gedankenverloren irgendwo draußen.

Ballauf konnte ihre Sorge fast körperlich spüren. »Für wie lange denn?«, fragte er endlich.

»Die Ärzte meinen, zwei, drei Wochen. Höchstens …«, antwortete sie, ohne ihn anzusehen. »Vielleicht ja auch viel weniger.«

Sie drehte sich zu ihm um. Mit einer konzentrierten Bewegung strich sie eine widerspenstige Strähne ihres dunkelbraunen Haares aus dem Gesicht und lächelte ihn unsicher an.

»Also?«, fragte sie.

Er verzog das Gesicht, dann lächelte er zurück. Es

sollte ermutigend wirken, aber er wusste nicht, ob ihm das tatsächlich gelang.

»Kann ich ja schlecht Nein sagen.«

»Danke«, sagte Beatrice und senkte den Blick. »Du bist … 'n Schatz.«

Ballauf sah ihr die Erleichterung an. Er setzte sich neben sie auf das Bett. Es war warm im Zimmer, er schwitzte in seiner Lederjacke. Sanft strich er ihr über das Haar, aber bald zog er seine Hand zurück, als habe ihn etwas erschreckt. Er räusperte sich.

»Tja, dafür ist Familie ja da«, sagte er.

Sie wiegte leicht den Kopf und blickte zu Boden. Sie schien zu lächeln, aber die kleinen spöttischen Falten in ihren Augenwinkeln, die er so an ihr mochte, waren nicht zu entdecken.

»Ich kann dir aber nicht versprechen, dass ich einen guten Papa abgebe«, sagte er bemüht heiter.

»Ach, das kriegst du schon hin«, antwortete sie, aber er hatte den Eindruck, als glaube sie selbst nicht, was sie da sagte.

Wieder bemerkte er ihre Angst. So kannte er sie nicht. Sie hatten sich nicht besonders häufig gesehen in den letzten Jahren. Sein Bild von ihr war immer noch das der starken, unabhängigen, ja eigensinnigen Frau, deren Sarkasmus, wenn sie wollte, sehr verletzend sein konnte.

»Warum hast du dich denn erst jetzt gemeldet?«, fragte er.

Noch immer hielt sie den Kopf gesenkt. »Ich habe nicht gedacht, dass meine Familie besonderen Wert auf meine Gesellschaft legt.«

Er schnaufte ärgerlich. »Hör mal, ich bin doch nicht dein Vater. Hättest dich ruhig früher melden können!«

»Stimmt.« Jetzt sah sie auf, mit diesem halben Lächeln, das er immer schon so an ihr gemocht hatte. Auch die spöttischen Fältchen waren wieder da. »Wir sind ja auch eigentlich immer ganz gut miteinander ausgekommen. So als Cousin und Cousinchen.«

Ballauf spitzte überrascht die Lippen und sah zur Wand.

»Ja«, sagte er. Es war Zeit, das Thema zu wechseln. »Hast du Angst?«

Beatrice sah wieder aus dem Fenster. Das halbe Lächeln war verschwunden.

»Anna ist noch 'n bisschen zu jung, um Waise zu werden. Ich mach mir eigentlich mehr Sorgen um *sie*.«

»Hey, ist doch noch gar nix raus.« Er strich ihr aufmunternd über die Wange, aber er war froh, dass sie ihm jetzt gerade nicht ins Gesicht sah. Unwillkürlich griff er nach ihrer Hand, und sie erwiderte den Griff sanft. Hand in Hand saßen sie nebeneinander auf dem Krankenhausbett und sahen aus dem Fenster. Der Sonne wollte es nicht gelingen, durch die mit Schnee drohenden Wolken zu dringen.

»Das hab ich ganz vergessen«, sagte Beatrice plötzlich. »Es gibt auch noch 'ne Katze. Die müsste zweimal täglich gefüttert werden.«

Ballauf verdrehte übertrieben die Augen. »Wusst ich doch, dass die Sache 'nen Haken hat«, sagte er.

Sie lachten beide ein wenig, dann stand er auf.

»Tschüss.«

Sie nickte nur und küsste ihn auf die Wange.

»Danke«, sagte sie noch mal.

Er zwinkerte ihr zu und grinste. Fast hätte er noch »Viel Glück« gesagt, aber er ließ es lieber. Er stand auf und ging aus dem Raum, ohne sich noch einmal umzu drehen.

***

Er betrat ihr Zimmer. Die kleine Dekolampe über dem Bett brannte, und ihr rotierender Schirm ließ bunte Muster über die Plakate von David Hasselhoff und den Backstreet Boys tanzen, mit denen die Wände bedeckt waren. Er trat an das von Plüschtieren übersäte Bett. Plötzlich fühlte er sich schwach. Schwach, alt und verletzlich.

Aber er durfte nicht schwach sein. Alt ja. Aber nicht schwach. Er hatte eine Aufgabe übernommen. Er würde seinen Schmerz bekämpfen.

Er richtete sich auf und straffte sich. Auch wenn die Traurigkeit nicht weichen wollte, durfte er ihr nicht nachgeben. Er zwang sich zu einem Lächeln.

»Kannst du nicht schlafen, mein Schatz?«, fragte er leise mit weicher Stimme. »Soll ich dir noch was vorlesen?«

Er sank in den dunkelgrünen Polstersessel und griff nach dem Buch, das auf dem Beistelltisch lag. Nachdenklich strich er über den Umschlag: »Der kleine Prinz«. Er suchte sorgsam nach der Stelle, an der er gestern zu lesen aufgehört hatte, und räusperte sich leise.

»In diesem Augenblick erschien der Fuchs. ›Guten Tag‹, sagte der Fuchs. ›Guten Tag‹, antwortete höflich der kleine Prinz, der sich umdrehte, aber nichts sah.«

Er las liebevoll, mit sanfter Stimme und sorgfältiger Betonung. Aber es war niemand da, der ihm zuhörte.

***

Freddy Schenk saß in dem Stuhl vor Ballaufs Schreibtisch und bemühte sich, Optimismus auszustrahlen. Eigentlich hatte er an diesem Morgen keine Lust auf die Probleme anderer Leute. Zu Hause hatte es wieder mal Knatsch mit seiner Tochter Sonja gegeben, und am liebsten hätte er jetzt in Ruhe an seinem eigenen Schreibtisch gesessen und vor sich hingemuffelt. Aber Ballauf machte ihm Sorgen. Die Sache mit seiner Cousine schien ihm näherzugehen, als er zugeben wollte.

»Muss ja nicht bösartig sein, oder?«, sagte er.

»Nee, muss es nicht.« Ballauf griff nach der Kaffeekanne und schenkte sich nach. Trotz Freddys aufmunterndem Ton wirkte er ganz und gar nicht überzeugt.

Freddy suchte Franziskas Blick, aber die war mit der Post beschäftigt. Dann würde er das Kind wohl allein schaukeln müssen, auch wenn das Thema nicht unbedingt dafür geeignet war, noch vor dem ersten Morgenkaffee behandelt zu werden.

Vielleicht sollte er die Sache anders aufziehen. Betont entspannt lehnte er sich in seinem Stuhl zurück.

»Und du ziehst dann da ein und hütest Haus und Kinder?«, fragte er leichthin.

»Na, ist ja Gott sei Dank nur *ein* Kind. Aber die *Hütte* …« Ballauf lachte auf. »Sie hat gesagt, es sei ›ganz komfortabel‹. Hat ihr 'n Freund untervermietet für ein Jahr. *Das* ist vielleicht ein Schuppen …«

»Wieso?«, fragte Freddy.

»Alles supernobel. Parkettboden. Jede Menge Kunstwerke, Statuen und so. Im Wohnzimmer steht so 'n Sarkophag, würde mich nicht wundern, wenn da noch 'ne echte Mumie drinliegen würde. Garten dabei mit allem Drum und Dran. Und dann auch noch in Lindenthal.«

»Passt ja super zu dir«, sagte Freddy. »Da fühlst du dich doch bestimmt wohl.«

Ballauf grinste, aber als er einen Schluck Kaffee nahm, stöhnte er unvermittelt auf.

»Dieser Zahn, der macht mich noch wahnsinnig, ey!« Er verzog das Gesicht und tastete mit dem Zeigefinger vorsichtig an seinen Backenzähnen entlang. Er hatte den Schmerz seit über einer Woche ignoriert, aber jetzt ging es nicht mehr.

Freddy schüttelte vorwurfsvoll den Kopf. »Würd ich mal zum Zahnarzt gehen«, sagte er und nahm ebenfalls einen Schluck aus seinem Becher.

»Ich hab ja schon 'nen Termin. 'ne Spenderniere zu kriegen könnte nicht viel schwieriger sein«, nuschelte Ballauf, den Finger noch an dem schmerzenden Zahn. Das stimmte natürlich nicht. Es hatte ihn nur einen Anruf gekostet. Aber seine Panik vor Zahnärzten ging keinen was an, fand er. Nicht mal Freddy.

»Max!«, rief in diesem Moment Franziska von ihrem Schreibtisch aus.

Widerwillig nahm Ballauf den Finger aus dem Mund.

»Was ist denn?«

»Telefon für dich. Soll ich durchstellen?«

»Wer is 'n dran?«

»Keine Ahnung. Irgendein Herr. Er sagt, es ist persönlich.«

Ballauf nickte mäßig interessiert.

»Dann stell mal durch«, sagte er ergeben, wartete auf das Läuten und nahm den Hörer ab. »Ballauf …«, meldete er sich.

»Haben Sie heute schon nach der Post gesehen?«, fragte eine männliche Stimme.

»Wer spricht denn da?«, fragte er.

Freddy kratzte sich unter seiner dunkelblauen Weste am Bauch und beschäftigte sich mit seinem Kaffee.

»Haben Sie heute schon nach der Post gesehen?«, wiederholte die Stimme am anderen Ende der Leitung. Sie klang verstellt, brutal und drohend.

»Wer spricht denn da?«, wiederholte auch Ballauf. Auf seiner Stirn erschien eine steile Falte. Freddy, den Kaffeebecher noch am Mund, sah ihn an und hob fragend die Augenbrauen.

»Haben Sie heute schon nach der Post gesehen?«

»Du mich auch!«, raunzte Ballauf und knallte den Hörer auf die Gabel. »Keine Ahnung, irgendein Bekloppter«, sagte er, als er Freddys erstaunten Blick auffing. Wenn ich mich über jeden seltsamen Anruf aufregen würde, hätte ich den Beruf verfehlt, dachte er und tastete wieder nach seinem Zahn.

Franziska kam herüber und legte ihm einen Stapel Briefe auf den Tisch. Ballauf sah sie durch, es schien nichts Dringendes dabei zu sein, nur ein dicker DIN-A5-Umschlag weckte sein Interesse. Er trug keinen Absender, war jedoch an ihn persönlich adressiert.

Das »Persönlich« war sogar unterstrichen.

Freddy hatte seinen Kaffee ausgetrunken und stand auf.

»Jedenfalls, wenn du Erziehungsfragen hast …«, sagte er gönnerhaft und deutete mit der gespreizten Hand auf seinen Brustkorb, »… *hier* ist der Fachmann.« Er verdrängte alle Gedanken an den morgendlichen Streit mit Sonja und folgte Franziska, die zu ihrem Platz zurückging.

Ballauf nickte grinsend, während er den Umschlag öffnete.

Schlagartig ertönte ein scharfer Knall, und eine gelbe, eklig riechende Flüssigkeit schoss in einem Schwall aus dem Umschlag, Ballauf direkt ins Gesicht. Erschrocken wich er zurück.

Freddy und Franziska kamen alarmiert zurückgelaufen. Ratlos starrten sie ihn an, während er fluchend das Zeug aus den Augen zu reiben versuchte.

Wieder begann das Telefon zu läuten. Wütend drückte Ballauf auf den Freisprechknopf.

»Ja!«, blaffte er.

»Haben Sie heute schon nach der Post gesehen?«, fragte die Stimme.

»Wenn das jetzt ‘n Scherz sein sollte, dann find ich den nicht besonders lustig!«, bellte Ballauf.

»Also *haben* Sie nach der Post gesehen«, stellte die Stimme hämisch fest.

»*Ja*, verdammt noch mal!« Ballauf starrte wütend auf das Telefon.

»Ich nehme an, dass sich eine gelbliche Flüssigkeit auf Ihrer Haut befindet. In etwa fünfzehn Sekunden wird sich diese Flüssigkeit durch Ihre Körpertemperatur erwärmen und sich dann durch Ihre Haut ätzen und weiter durch die Knochen. Es sei denn, Sie waschen sie vorher mit kaltem Wasser ab.«

Ballauf warf Freddy einen entsetzten Blick zu und sprang auf. Sein Stuhl flog gegen die Wand, und Franziska konnte nur durch einen beherzten Sprung zur Seite einen Zusammenprall vermeiden. Er raste aus dem Büro und stürzte an kopfschüttelnden Kollegen vorbei den Flur entlang zur Herrentoilette. Er riss die Tür auf, und sein Blick fiel panisch auf ein defektes, mit gelb-schwarzem Band abgeklebtes Waschbecken. Vor dem einzigen anderen Becken stand ein Kollege von der Sitte, dessen Namen ihm gerade entfallen war und der ihn jetzt auch nicht im Mindesten interessierte.

»Weg da!«, brüllte er den verblüfften Mann an, der gerade nach einem Papierhandtuch greifen wollte. Eine halbe Sekunde später hatte Ballauf ihn bereits gegen die Klotür geschleudert. Mehr als ein schüchternes »Aber ...« hatte der Kollege ihm nicht entgegenzusetzen.

Ballauf drehte den Hahn weit auf, spritzte sich hektisch Wasser ins Gesicht und hörte damit erst wieder auf, als er sich ganz sicher war, keinen noch so kleinen Rest der gelben Flüssigkeit mehr an Gesicht oder Händen zu haben.

Der Kollege von der Sitte hatte das Weite gesucht, der Fußboden schwamm von Ballaufs Not-Reinigungsaktion. Schwer atmend lehnte er sich an die Wand und betrachtete sich im Spiegel. Er war bleich, seine Haare und das helle Hemd nass. Verständnislos schüttelte er den Kopf, riss eine Handvoll Papiertücher aus dem Spender und versuchte, sich wieder halbwegs in Form zu bringen.

Was zum Teufel war *das*?, dachte er.

***

Als er das Büro wieder betrat, standen Freddy und Franziska noch immer so da, wie er sie verlassen hatte, und starrten ihn entgeistert an.

»Sag mal, was war *das* denn, bitte schön?«, fragte Freddy.

»Frag mich mal«, antwortete Ballauf und stapfte zu seinem Schreibtisch.

»Ja, das tu ich ja gerade«, insistierte Freddy.

Das Telefon begann wieder zu läuten, und die drei sahen sich bedeutungsvoll an. Freddy nickte Ballauf zu. Der holte tief Luft, bevor er auf die Freisprechtaste drückte.

»Wieder sauber?«, fragte die Stimme.

»Ja«, sagte Ballauf, mühsam beherrscht.

Der Anrufer stieß ein kleines Lachen aus. »Das war übrigens ein Scherz. Das ist eine völlig harmlose Flüssigkeit.«

Ballauf verzog das Gesicht. »War *sehr* lustig. Wer sind Sie und was wollen Sie von mir?«, fragte er kühl.

»Um Gottes willen«, antwortete die Stimme. »So viele Fragen auf einmal. Ich habe ein Geschenk für Sie, Herr Ballauf. Sie können es sich am Güterbahnhof abholen.«

Ballauf und Freddy Schenk sahen sich an. Die letzten Worte versetzten sie endgültig in Alarmbereitschaft.

»Welcher Güterbahnhof?«, fragte Ballauf.

»Der alte an der Etzelstraße. Und nehmen Sie am besten gleich jemanden von der Spurensicherung mit.«

Ein Klicken, dann war die Leitung tot. Freddy griff nach seinem Mantel.

Ballauf zog die unterste Schublade seines Schreibtischs auf, nahm die verchromte Walther heraus und steckte sie hinten in sein Gürtelhalfter.

»Ruf im Labor an, die sollen kommen und den Umschlag abholen«, sagte er zu Franziska, während er die Lederjacke überstreifte.

»Den kann ich doch auch hinbringen«, sagte Franziska und wollte den Umschlag schon von Ballaufs Schreibtisch nehmen. Freddy fiel ihr in den Arm.

»Hey, hey!«, sagte er heftig. »Nicht anfassen.«

Franziska sah ihn verblüfft an. »Was ist denn? Ich denk, der ist harmlos?«

»Lass das mal lieber das Labor entscheiden, hm?«, sagte Freddy.

Franziska nickte verstehend. »Na ja, vielleicht hast du recht. Ich bin nicht sonderlich scharf auf ‘n Peeling.«

»Und lass überprüfen, ob man den Anruf zurückverfolgen kann!«, rief Ballauf noch.

Franziska griff nach dem Telefonhörer. »Wie lange arbeite ich jetzt schon hier?«, maulte sie beleidigt, aber die beiden waren schon aus der Tür.

***

Als sie um die Ecke des alten Silos bogen, sahen sie, dass die Spurensicherung bereits vor Ort war. Die Wintersonne hatte die Wolkendecke durchbrochen; in ihrem kalten Licht leuchteten die weißen Overalls der Männer fast surreal in der Ödnis des stillgelegten Güterbahnhofs. Der typische Geruch von Rost und Urin lag immer noch über den Gleisen, obwohl hier seit Jahren kein Zug mehr gefahren war. Sauerampfer wuchs in den Schotterbetten. Freddy murmelte einen Fluch, als er beim Versuch, einer Pfütze auszuweichen, mit dem Fuß umknickte.

Der Beamte, den sie als Ersten erreichten, nahm gerade ein Zentimetermaß aus seinem Alukoffer, um einen Reifenabdruck zu vermessen.

»Kollege, wo geht’s hin?«, fragte Freddy.

Der Mann wies auf eine Reihe vor sich hin rottender grüner Güterwagen.

»Zum letzten Waggon«, sagte er.

»Danke«, antwortete Freddy.

Sie stapften weiter. Ballauf sah sich unbehaglich um.

Trotz des hellen Lichtes spürte er eine diffuse Bedrohung über diesem Ort liegen. Dieses Gefühl verstärkte sich heftig, als sie die offene Schiebetür des alten Waggons erreichten und die Sprossen der kurzen Eisenleiter hinaufkletterten.

Harte Streifen weißen Sonnenlichts drangen durch die Ritzen der morschen Holzwände und verstärkten das Dunkel im Waggon eher, als es zu vertreiben. Der Fotograf der Spurensicherung schoss Foto um Foto, sein Blitzlicht hämmerte blendend in die Düsternis. Es beleuchtete ein ums andere Mal eine blonde Frau in einem roten Kleid, die weit hinten im Waggon reglos auf einem Stuhl saß.

In ihrem Schoß lag eine rote Lilie.

Ballauf kniff die Augen zusammen. Er schluckte.

Das kann nicht sein, dachte er.

Er musste sich zwingen, näher an die tote Frau heranzutreten. Trotz des dämmrigen Lichtes hatte er sie sofort erkannt. Für einen Moment hoffte er, sich zu irren, aber es gab keinen Zweifel.

Wie lange ist das her?, dachte er.

Er holte tief Luft, versuchte sich zu konzentrieren und seinen Job zu machen, aber es gelang ihm nicht.

Sie hatten Rotwein getrunken. Beim Italiener. Nicht irgendeinem Italiener, sondern dem am Rheinufer, an der Zoobrücke. Er meinte, den Duft ihres Parfüms zu riechen. Ohne ein Wort zu Freddy drehte er sich um und verließ den Waggon.

Erstaunt, fast misstrauisch sah Freddy ihm nach. Wenn Max nicht mitspielen wollte, musste er den Job eben allein machen. Er wandte sich wieder der Toten zu und betrachtete sie genauer.

Sie schien ganz friedlich dort zu sitzen, ihr Gesicht wirkte entspannt. Alles war sorgsam, fast wie zu einem Stillleben arrangiert: die Frau auf dem Stuhl, die Blume auf dem roten Kleid ... Man hätte das Ganze auf eine eigentümliche Art schön finden können, wenn die Frau nicht mit ziemlicher Sicherheit ermordet worden wäre.

Der Täter hatte sein Opfer weder achtlos irgendwo abgelegt noch sich die Mühe gemacht, es zu verstecken, ganz im Gegenteil: Er hatte es regelrecht zur Schau gestellt. Dies war eine Demonstration. Eine Botschaft.

Und es ist ganz klar, für wen diese Botschaft bestimmt ist, dachte Freddy.

Er wandte sich an den Gerichtsmediziner Dr. Roth, der neben der Leiche kniete und gerade ein Thermometer und eine Lupe in seiner Metallkiste verstaute.

»Kannst du schon was sagen?«, fragte er.

Roth warf ihm über den Rand der Lesebrille seinen typischen Dackelblick zu. Die Spitzen seines Schnäuzers hingen noch ein wenig trauriger herab als gewöhnlich, und es kam Freddy so vor, als seien auch die scharfen Falten im Gesicht des Docs tiefer als sonst.

»Gebt mir 'n bisschen Zeit, okay?«, sagte er mit seinem melancholischen Bariton. »Wenn ihr heute Nachmittag bei mir vorbeikommt, weiß ich mehr.«

Roth beugte sich wieder zu seinen Gerätschaften hinunter. Das Blitzlicht des Fotografen wurde von seiner Halbglatze reflektiert. Freddy bekam das Gefühl, hier zu stören, ging zur Tür des Waggons und kletterte die Leiter hinunter. Draußen blendete ihn das helle Sonnenlicht. Er kniff die Augen zusammen.

Ballauf stand am nächsten Waggon und wandte ihm

den Rücken zu, den grauen Schal zweimal um den Hals gewickelt. Als er Freddy herankommen hörte, zog er unbehaglich die Schultern hoch.

»Du kennst die Frau, oder?« Es war keine Frage, sondern eine Feststellung.

Ballauf nickte und brummte etwas Zustimmendes, ohne sich umzudrehen.

»Dann sind wir ja schon mal ‘nen Schritt weiter«, sagte Freddy. »Wie heißt sie?«

Ballauf wand sich unbehaglich.

»Ist schon ‘ne Zeit lang her«, sagte er endlich. »Wir haben uns auch nur ein Mal getroffen.«

»Getroffen?«, fragte Freddy. Ballaufs Ton machte klar, dass von einem ziemlich intensiven Treffen auszugehen war.

»Ja, du weißt schon, was ich meine. Das ist mindestens … ja, sieben oder acht Jahre her. Ich kenn allerdings nur ihren Vornamen. Ich glaub, Karin.«

Freddy kniff zweifelnd die Augen zusammen. »Das ist nicht dein Ernst, oder? Du schläfst mit ‘ner Frau und weißt nicht mal, wie sie heißt? Hat dich das überhaupt nicht interessiert?«

Jetzt drehte Ballauf sich zu ihm um. »Nee, hat’s nicht«, sagte er aufgebracht. »Wir waren einmal zusammen in der Kiste, und mehr war da nicht.«

Freddy schüttelte den Kopf und stieß ein fassungsloses Lachen aus.

»Mehr war da nicht …«, wiederholte er ungläubig.

Der Gruppenleiter der Spurensicherung kam zu ihnen und unterbrach das Gespräch. Seine Männer waren gerade dabei, Gips in eine Reifenspur zu gießen.

»Gibt’s was Brauchbares?«, fragte Freddy.

»Nicht viel. Keine Fingerabdrücke, keine Papiere. Allerdings ‘n paar Reifenspuren und ‘n paar Schuhabdrücke.«

Freddy presste unzufrieden die Lippen zusammen und wandte sich wieder an Ballauf.

»Du kriegst den Nachnamen nicht auf die Reihe?«, fragte er.

»*Nein*, hab ich dir doch eben schon gesagt!«, maulte Ballauf. In was für einer Welt lebt dieser Familienmensch eigentlich?, dachte er. Freddys Empörung machte ihn sauer.

»Na, der Mörder wusste den Namen auf jeden Fall. Du glaubst doch nicht, dass er sie sich zufällig ausgesucht hat, oder?«

Freddy drehte sich wieder zu dem Kollegen von der Spurensicherung. »Könnt ihr ‘n Foto von der Toten an die Presse weiterleiten? Irgendjemand weiß ja mit Sicherheit ihren Nachnamen.«

Ballauf schnaufte beleidigt, steckte die Hände in die Taschen seiner Lederjacke und stapfte davon. Freddy sah ihm kopfschüttelnd nach.

»Wir checken dann parallel die Vermisstendatei«, sagte er noch zu dem Beamten, dann folgte er Ballauf zum Wagen.

***

Freddy bog vom Melatengürtel in die Einfahrt der Gerichtsmedizin ein, fuhr auf den Parkplatz und stellte den Motor ab. Während der gesamten Fahrt vom Präsidium bis hierher hatte Ballauf schweigend auf dem Beifahrersitz gesessen. Zuvor hatte er sich sogar geweigert, mit zum Mittagessen zur Frittenbude am Rhein zu kommen, trotz des sonnigen Wetters.

»Wenn wir jetzt da reingehen«, sagte Freddy ironisch, »überlass das Reden mir.«

»Warum? Weil du moralisch stabiler bist als ich?« Auch Ballaufs Antwort triefte vor Sarkasmus.

»Ich verstehe eben nur nicht, dass ein Mann mit einer Frau ›in die Kiste geht‹, wie du dich auszudrücken beliebst, und sich nicht mal an ihren Namen erinnern kann«, sagte Freddy. »Und das werde ich doch wohl auch anmerken dürfen.«

Ballauf öffnete die Beifahrertür. »Ich bin nun mal Junggeselle. Wenn dich das neidisch macht, tut's mir leid.« Er stieg aus.

»Pfff. Neidisch.« Freddy stieß ein kurzes, böses Lachen aus, bevor auch er ausstieg. Er knallte die Wagentür zu und ging mit raumgreifenden Schritten zum Eingang des Gebäudes. Ballauf trottete hinter ihm her.

Der Doc schien sie nicht zu bemerken, als sie den grün gefliesten Obduktionssaal betraten. Er saß auf einem unbequem aussehenden Metallstuhl in der Ecke hinter zwei Seziertischen, auf denen mit grünen Tüchern zugedeckte Leichen lagen, und starrte gedankenverloren auf einen handgeschriebenen Brief. Auf einem Rolltisch neben ihm stand ein kleiner runder Kuchen, auf dem eine einzelne Kerze brannte. Der Kuchen war angeschnitten, und Freddy meinte Krümel in Roths Schnauzbart zu entdecken.

»Hallo«, sagte er, und Roth schreckte aus seiner Lektüre hoch.

»Entschuldigt bitte«, sagte er zerstreut. »Ich hab heute Geburtstag.«

»Oh ...« Freddy beugte sich zu ihm hinunter und schüttelte ihm die Hand, »herzlichen Glückwunsch ...«

Unbehaglich trat er von einem Bein aufs andere und drehte sich zu Ballauf um.

»Wusstest du das?«, fragte er, aber Ballauf starrte nur teilnahmslos den Granitboden an.

»Und meine Frau hat mich verlassen«, sagte Roth und versuchte munter zu klingen. »Sie hat mir zum Geburtstag meine alten Briefe geschenkt.« Er legte das Blatt neben den Kuchen und blies die Kerze aus.

»Oh, tut mir leid«, stotterte Freddy, verschränkte die Arme hinter dem Rücken und begann, wie Ballauf den Fußboden zu untersuchen.

Roth erhob sich mit einem kleinen Ächzen aus seinem Stuhl und trottete schweren Schrittes auf die erste der beiden Leichen zu. Er strich sich über den Schnäuzer und hob das grüne Tuch an. Darunter lag ein etwa fünfzigjähriger Mann mit deutlichem Übergewicht.

»Die war's nicht«, sagte er und ließ die Decke wieder sinken. Er trat an den anderen Tisch und schlug das Tuch über dem nackten Oberkörper der Toten zur Seite.

»Ja«, sagte er, »interessanter Fall.« Roth rückte seine Brille zurecht und beugte sich zu der Leiche hinunter. Mit dem Zeigefinger deutete er auf die Halsschlagader nahe dem linken Ohr. »Hier: Auf den ersten Blick kaum zu erkennen, der Einstich von einer Kanüle. Die Frau wurde vergiftet.«

Freddy ging in die Knie und betrachtete die Stelle aufmerksam. Ballauf blieb starr und aufrecht stehen. Er musste sich zwingen, den toten Körper anzusehen, und schluckte heftig.

»Und das Interessante daran ist«, fuhr Roth ungerührt

fort und nahm die Brille ab, um mit ihr belehrend zu wedeln, »es handelt sich um ein mir unbekanntes synthetisches Gift. Der Schnellabgleich mit den gängigen Giften hat keine Übereinstimmung ergeben.«

Freddy stand noch immer über die Leiche gebeugt. Interessiert sah er zu Roth hoch.

»Das heißt: selbst hergestellt?«, fragte er.

»Ja, unser Labor kommt damit nicht weiter. Ich habe eine Probe an ein Speziallabor gegeben«, antwortete Roth.

Ballauf zog die Nase hoch und räusperte sich. »Irgendwelcher sexueller Missbrauch?«, fragte er gepresst.

»Nein.«

Freddy sah Ballauf an. Die Last auf seiner Seele mochte ein klein wenig leichter geworden sein, aber sie war mit Sicherheit noch schwer genug.

»Ist sie schnell gestorben?«, fragte Ballauf.

»Das weiß ich erst, wenn ich die Zusammensetzung und die Wirkung des Giftes kenne«, dozierte Roth. »Effektiv ist es auf jeden Fall.«

Ballauf nickte. Mit verkniffenem Blick sah er auf seine Armbanduhr. Erleichtert stellte er fest, dass er andere Verpflichtungen hatte und dem Obduktionssaal und der toten Karin entfliehen durfte.

»Ich muss zur Kita«, sagte er schnell, »Anna abholen. Kannst du Franziska bitten, dass sie mir die Fälle, an denen ich in Köln gearbeitet habe, an Beatrices Adresse schickt?«

Freddy nickte.

»Besonders die, die wieder auf freiem Fuß sind«, setzte Ballauf hinzu.

Freddy zog die Brauen hoch. »Du glaubst, da will sich jemand rächen?«, fragte er.

»Ist doch wohl naheliegend, oder?« Ballauf ging hinaus.

Er könnte recht haben, dachte Freddy und sah ihm nach. Dann wandte er sich noch einmal an den Gerichtsmediziner. »Kopf hoch, Doc«, sagte er zum Abschied und stupste tröstend gegen dessen Schulter. »Die kommt schon wieder zurück, hm?«

Die Geste, mit der Roth ihm dankte, ließ nicht darauf schließen, dass er Freddys Hoffnung teilte. Als Freddy den Obduktionssaal verlassen hatte, deckte Roth die Leiche mit dem grünen Tuch sorgfältig wieder zu. Dann schlurfte er zu seinem Stuhl zurück, schnitt ein Stück Kuchen ab und griff wieder nach dem Brief.

***

Die Winterdämmerung brach schon herein, als Ballauf vor der Kindertagesstätte in der Eifelstraße aus dem Wagen stieg.

Als Frau Meyerrink, die Leiterin, die Tür öffnete, warf sie einen stummen, aber vorwurfsvollen Blick auf ihre Armbanduhr. Anna stand hinter ihr und hatte ihre rote Steppjacke schon an.

»'tschuldigung«, murmelte Ballauf. Er streckte Anna die Hand hin, aber sie ignorierte sie und sprang mit einem schnellen »Tschö, Frau Meyerrink!« die Stufen der Eingangstreppe hinunter.

»Ich werde dafür sorgen, dass sie morgen pünktlich abgeholt wird«, sagte Ballauf mit schiefem Grinsen.

»Das wäre schön«, antwortete Frau Meyerrink nur und schloss mit einem Nicken die Tür.

Anna saß stumm auf ihrem Kindersitz hinter ihm,

während er sich durch den Feierabendverkehr quälte. Kindergeplapper hätte er jetzt auch nicht ertragen.

Erst auf der Gleueler Straße sprach er sie an.

»Gab es denn keine Kita hier in Lindenthal?«, fragte er.

»Ist ja nur für ein Jahr«, antwortete Anna. »Ich soll nicht so oft wechseln. Mama weiß noch nicht, wo wir als Nächstes wohnen.«

***

Als sie das Haus an der Decksteiner Mühle erreichten, war es bereits dunkel geworden. Ballauf ging in die Küche und tat sein Bestes, für ein Abendbrot zu sorgen. Und sein Bestes waren Rühreier – zumindest war das seine Überzeugung, auch wenn er das Fenster öffnen musste, um die Dampfschwaden und den aufkommenden Brandgeruch aus der Küche zu lassen.

Ballauf trug die Pfanne ins Wohnzimmer. Er hatte Anna nicht dazu bringen können, im Esszimmer zu decken. Sie hockte auf dem Sofa und spielte mit etwas, das er für einen Holzesel hielt, es konnte aber auch irgendein anderes Tier darstellen.

Sie sah nicht auf, als er das Ergebnis seiner Kochkünste auf die beiden Teller schaufelte, die auf der Glasplatte des niedrigen Wohnzimmertisches standen. Ihre ganze Körperhaltung war Protest.

Bockig, dachte Ballauf. Sie ist bockig, so nennt man das.

»Ich mag kein Rührei«, sagte Anna, wie um ihm recht zu geben.

Ballauf sah sie ärgerlich an. Ein bisschen mehr Anerkennung für seine Bemühungen hatte er schon erwartet.

»An Rührei ist nix auszusetzen«, sagte er.

Aber Anna quengelte weiter. »Ich mag aber kein Rührei.«

»Dann machste dir eben ein Butterbrot«, sagte er ein wenig schärfer, als er eigentlich vorgehabt hatte, und trug die Pfanne ärgerlich wieder in Richtung Küche.

Anna zog trotzig das Kinn an die Brust. »Ich will zu meiner Mama«, sagte sie und drehte mit den Fingern der Rechten an ihrem dunklen Zöpfchen.

Ballauf wandte sich um. »Deine Mama ist im Krankenhaus, und deswegen bin ich hier«, sagte er.

Anna verzog das Gesicht. Sie senkte stumm den Kopf, offenbar kämpfte sie mit den Tränen.

Oh Gott, dachte Ballauf. Was bin ich nur für ein Trampel.

Vorsichtig stellte er die Pfanne wieder auf dem Tisch ab und setzte sich neben das Kind.

»Tut mir leid, hm?«, sagte er sanft. »'tschuldigung.«

Zögernd legte er den linken Arm um sie und war froh, dass sie ihn nicht wegstieß, wie er erwartet hatte. Er machte ein Friedensangebot.

»Ich guck mal nach, was noch da ist, ja?«

Sie nickte nur stumm. Immerhin hatte sie keine Tränen mehr in den Augen.

Ballauf ging in die Küche und durchwühlte das Gefrierfach. Inständig hoffte er auf einen Fund, der die Kleine zufriedenstellen würde. Mit drei Kartons kehrte er zur Wohnzimmertür zurück.

»Anna«, rief er. Sie sah auf, und er hielt die erste Packung hoch. »Spinat?«, fragte er.

Anna schüttelte beleidigt den Kopf.

Er wedelte mit dem nächsten Karton. »Fischstäbchen?«

Wieder erntete er Ablehnung, aber er hatte noch ein Ass im Ärmel.

»Pizza?«, fragte er.

Erleichtert sah er ihr begeistertes Nicken.

»Gut, einmal Pizza für die junge Dame«, sagte er und beglückwünschte sich dazu, dass sie es ihm ersparte, irgendwelche Beilagen zuzubereiten.

Er schob die Pizza in die Mikrowelle und sah ihr zu, wie sie sich drehte und der Käse anfing, Blasen zu werfen. Er ertappte sich dabei, dass er lächelte. Für einen Moment fiel die Bedrückung des Tages von ihm ab, und ihm wurde klar, wie gut ihm die Beschäftigung mit Anna tat.

Nach dem »Ping« der Mikrowelle verfrachtete er die Pizza auf ein rundes Holzbrett und trug sie ins Wohnzimmer. Anna gab ihm sogar die Hälfte ab, wodurch er darum herumkam, das kalt gewordene Rührei zu essen.

Sie setzten sich nebeneinander vor den niedrigen Wohnzimmertisch auf den Boden und aßen die Pizza mit Genuss.

Den Mann, der sie vom Garten aus durch das Fenster beobachtete, bemerkten sie nicht.

***

Ballauf füllte Katzenfutter in den Napf und stellte ihn auf den Küchenboden.

»Miezmiezmiez«, rief er dann, und Sekunden später kam die Katze hereingeschnurrt.

»Wie heißt du eigentlich?«, murmelte er und kraulte ihr den Rücken, während sie sich schmatzend über das Dosenfutter hermachte.

Anna kam im Schlafanzug aus dem Badezimmer.

»Zähne geputzt?«, fragte Ballauf.

Stolz präsentierte sie ihm ihre gebleckten Milchzähnchen.

»Dann ab in die Falle«, sagte er.

Ballauf folgte Anna die Treppe hoch in ihr Zimmer und sah zu, wie sie gehorsam unter die Decke des viel zu großen Bettes kroch. Eigentlich war das ganze Zimmer zu groß für sie, aber das Haus von Beatrices Freund hatte kein Kinderzimmer, und so war das Mädchen eben im Gästezimmer untergekommen.

Er strich die Decke glatt. »Sag mal, wie heißt eigentlich eure Katze?«, fragte er.

»Das ist nicht unsere. Die gehört zum Haus«, antwortete Anna.

»Und wie heißt sie?«

»Es ist ein Er. Eigentlich heißt er Cäsar, aber das find ich doof. Ich nenn ihn Tom.«

»Und warum Tom?«, hakte Ballauf nach.

»Wegen Tom und Jerry«, sagte Anna in einem Ton, als hätte er sich das nun wirklich selbst denken können.

»Verstehe.« Er suchte nach dem Schalter der Nachttischlampe. »Schlaf gut, Anna«, sagte er sanft.

»Hm«, murmelte sie, »du auch.«

Endlich hatte er den Schalter gefunden und wollte gerade das Licht ausknipsen.

»Max?«, sagte Anna plötzlich. Es klang ängstlich.

»Ja?«, antwortete er.

Sie war bis zur Nasenspitze zugedeckt. Ihre großen braunen Augen sahen ihn an.

»Muss Mama sterben?«, fragte sie.

Oh Mann, dachte Ballauf, jetzt bloß keinen Fehler machen. Er setzte sich neben sie und sah sie ernst an.

»Nein«, sagte er tapfer. »Die ist doch nur zur Untersuchung im Krankenhaus. Da passiert schon nix.«

»Wirklich?« Anna klang nicht ganz überzeugt.

»Ja«, sagte Ballauf. »Da musst du keine Angst haben. Und jetzt schlaf gut, ja?«

»Hmhm«, antwortete sie nur.

»Gute Nacht.«

Er löschte das Licht und ging hinaus. Die Tür ließ er einen Spalt offen. Hoffentlich hab ich die Kleine überzeugt, dachte er. Viel inständiger hoffte er allerdings, dass das, was er Anna gesagt hatte, die Wahrheit war.

***

Ballauf hatte das Spielzeug und den Pizzateller vom Wohnzimmertisch geräumt. Jetzt saß er auf dem Sofa und betrachtete müde die Akten, die er darauf gestapelt hatte. Es war eine beachtliche Menge, die Franziska ihm ins Haus geschickt hatte, und sie hatte für die nächsten Tage noch mehr angekündigt.

Er versuchte, sich auf die Arbeit zu konzentrieren, aber immer wieder fiel sein Blick auf das Foto, das neben dem Aktenstapel auf dem Tisch lag.

Ein Bild der toten Frau in dem Güterwaggon, auf deren Schoß eine roten Lilie lag.

Angestrengt versuchte er, die steile Falte auf seiner Stirn wegzumassieren. Karin, dachte er. Sieben, vielleicht acht Jahre her. Nur eine einzige Nacht. Welchen Sinn soll das haben? Welche Botschaft steckt hinter diesem Mord?

Er war froh, als der Kater auf leisen Pfoten ins Zimmer kam und auf seinen Schoß sprang, das lenkte ihn ein wenig ab von seiner Grübelei. Als er Toms Nacken kraulte, begann der Kater zu schnurren und wohlig seine Krallen in seine Hose zu schlagen.

Aber schnell wurde sein Blick wieder von dem Foto gefangen. Mühsam durchforstete er weiter sein Gedächtnis, aber eigentlich war er sich sicher, ihren Nachnamen nicht vergessen zu haben: Er hatte ihn einfach nie gekannt.

Er war so in Gedanken, dass er den Türgong fast überhört hätte. Mit Tom auf dem Arm stand er auf und ging zur Haustür. Als er öffnete, hatte Freddy den Finger bereits wieder auf dem Messingklingelknopf.

Er winkte ihn mit einer Kopfbewegung hinter sich her, und Freddy folgte ihm wortlos ins Wohnzimmer. Ballauf setzte den Kater auf dem Sofa ab und wies auf einen der Sessel. Sie setzten sich beide.

Freddy hatte den Mantel angelassen und sah sich unbehaglich in dem riesigen Wohnzimmer um. Er schnaufte, als das Schweigen im Raum allmählich zu drückend wurde, und warf Ballauf einen Blick zu, aber der starrte gedankenverloren das Foto an. Missmutig verzog Freddy den Mund.

»Und? Wie ist der erste Tag gelaufen?«, fragte er schließlich.

»Nicht schlecht«, antwortete Ballauf nur.

Endlich rang Freddy sich zu einer Entschuldigung durch.

»Tut mir leid, wenn ich dich da so angegiftet habe«, sagte er. Es lag echtes Bedauern in seiner Stimme, aber Ballauf schüttelte abwehrend den Kopf.

»Hast ja recht«, sagte er. Geistesabwesend kraulte er Tom, der wieder auf seinen Schoß geklettert war. »Ich hab mir die ganze Zeit Gedanken gemacht, *warum* ich die Frau damals nicht nach ihrem Nachnamen gefragt hab.«

Freddy sah ihn neugierig an. »Und?«, fragte er.

Ballauf zögerte. »Ich hab wahrscheinlich Angst gehabt«, sagte er endlich und zuckte hilflos die Achseln. »Angst vor ihrer … Einsamkeit und dieser … unheimlichen Sehnsucht, geliebt zu werden.« Der Kater sprang auf den Tisch und balancierte geschickt zwischen den Akten entlang. »Das hab ich damals nicht gepackt«, setzte er hinzu.

Freddy schien es angebracht, das Thema nicht weiter zu vertiefen. »Wo ist die Verbindung zwischen dir, dieser Karin und dem Mörder?«, fragte er. »*Wofür* will der sich rächen?«

Wieder zuckte Ballauf nur ratlos mit den Schultern.

»Und wenn's um persönliche Rache geht«, fragte Freddy weiter, »warum geht der nicht gleich direkt auf dich los?«

»Keine Ahnung, Freddy.«

Freddys Blick sagte Ballauf, was er schon wusste: dass sie sich damit nicht zufriedengeben konnten. Es war an ihm, die Verbindung zwischen allem zu suchen.

»Ja«, sagte er, »ich geh die Akten noch mal durch. Vielleicht fällt mir ja irgendwas auf.«

Aber Freddy ließ nicht locker. »Und die Stimme sagt dir auch nix?«, fragte er.

»Nee, gar nix«, antwortete Ballauf.

Etwas mühsam wuchtete Freddy seinen massigen Körper aus dem tiefen Polstersessel. »Denk mal drüber nach, ob's im Privaten noch jemanden gibt, der 'ne Rechnung mit dir offen hat«, sagte er.

Ballauf antwortete darauf nur mit einem skeptischen

Blick und sah Freddy nach, bis er aus der Tür war. Dann seufzte er und ließ erschöpft den Kopf nach hinten auf die verführerisch weiche Lehne des Sofas sinken. Er schloss die Augen.

ZWEI

Ballauf stellte den Kaffeebecher auf dem Schreibtisch ab und massierte seine Schläfen. Er war mitten in der Nacht von Rückenschmerzen wach geworden und hatte festgestellt, dass er immer noch auf dem Sofa saß. Als er dann endlich im Bett lag, hatte er kein Auge mehr zumachen können. Schließlich war er zurück ins Wohnzimmer gegangen und hatte den Rest der Nacht die alten Akten gewälzt, bis es endlich Zeit wurde, das Frühstück für Anna zu machen. Er konnte sich nicht erinnern, je so müde gewesen zu sein. Die Strahlen der noch tief stehenden Wintersonne, die durch die Ritzen der heruntergelassenen Jalousien drangen, marterten ihn zusätzlich.

Freddy dagegen wirkte topfit. Federnd ging er vor Ballaufs Schreibtisch auf und ab.

»Wenn der sich rächen will, warum dann erst jetzt?«, fragte er und wedelte wild mit dem rechten Arm. »Warum wartet der so lange damit? Dafür gibt's doch 'nen Grund!«

»Vielleicht will er dir zeigen, wie gut er sich in deinem Leben auskennt«, sagte Franziska. Die beiden hatten sie gar nicht hereinkommen hören und sahen überrascht auf. Sie hatte ein Fax in der Hand. »Je mehr er von dir weiß, umso besser weiß er, wo er dich treffen kann.«

»Hm.« Freddy nickte zustimmend. »Kein schlechter Gedanke.«

Ballauf schüttelte entnervt den Kopf. »Ganz toll«, stöhnte er, »wahnsinnig beruhigend.« Er rieb sich die Augen.

Franziska sah ihn mit einer Mischung aus Verständnis und Mitleid an. »Die Flüssigkeit war übrigens tatsächlich harmlos«, sagte sie, »und der Anruf lässt sich nicht zurückverfolgen.«

Ballauf grunzte unzufrieden, woraufhin Freddy ihm einen tadelnden Blick zuwarf.

»Und was die Lilie angeht«, fuhr Franziska fort, »hab ich ein bisschen im Netz recherchiert. Rote Lilien stehen für Unschuld, Jungfräulichkeit.«

Sie sah auf das Fax in ihrer Hand, als traue sie sich nicht, vorzulesen, was da stand. Sie räusperte sich. »Ja, und die Tote heißt Karin Diedrich und wohnt in der Oskar-Jäger-Straße 5.«

Sie reichte Ballauf das Fax. Er nahm es und starrte wortlos darauf, als könne er dort die Lösung finden.

Freddy warf Franziska einen anerkennenden Blick zu. Sie verstand und verließ leise das Büro. Freddy wartete schweigend. Nach einer halben Minute stand Ballauf von seinem Schreibtischstuhl auf und griff nach seiner Lederjacke.

»Gehen wir«, sagte er.

***

Die Wände des Wohnzimmers leuchteten lindgrün. Beim Einrichten ihrer Wohnung hatte Karin Diedrich Mühe investiert und Geschmack bewiesen. Ballauf und Freddy sahen sich um. Eine Menge asiatisches Kunsthandwerk stand auf den Möbeln und hing an den Wänden. Alles war gelungen aufeinander abgestimmt. Die ganze Wohnung war gepflegt und sauber – gewesen, musste man sagen, denn die Spurensicherung hatte sie bereits völlig auf den Kopf gestellt. Türen und Tischplatten waren bedeckt von hässlich-amorphen Flecken des Pulvers, mit dem die Männer in den strahlend weißen Overalls nach Fingerabdrücken suchten. Freddy hatte zwei Mann im Schlafzimmer sowie je einen im Bad und in der Küche gezählt. Zwei weitere arbeiteten hier im Wohnzimmer, dazu kam ihr Chef, der am Wohnzimmertisch saß und in sein Notizbuch schrieb. Er brauchte eine Weile, bis er Zeit für sie fand.

»Was gefunden?«, fragte Ballauf, als er endlich aufsah.

»Bis jetzt nix«, sagte der Kollege, »außer dem hier.« Er stand auf und reichte Freddy eine Klarsichthülle.

Freddy sah sie sich mit gerunzelter Stirn an. »Eine Spritze«, sagte er.

»Ja.« Der Mann von der Spurensicherung grinste anzüglich. »Und tonnenweise Kontaktanzeigen. Die scheint's echt nötig gehabt zu haben.«

Freddy sah alarmiert zu Ballauf, dessen Stirnader bedrohlich anschwoll.

»Ihre Kommentare können Sie sich sparen, ja?«, blaffte Ballauf dann auch sofort.

Der Spurensicherer sah Freddy hilfesuchend an, doch der blickte mit vorgeschobener Unterlippe zu Boden, die Hände auf dem Rücken verschränkt.

Aus der Nummer kannst du mal schön allein rauskommen, dachte er.

»Sonst noch was?«, fragte Ballauf scharf.

»Ach ja …«, sagte der Spurensicherer verunsichert und griff nach einem wattierten braunen Umschlag, der neben ihm auf dem niedrigen Wohnzimmertisch lag. »Das noch …«

»Was ist das?«

»Ein Brief. Der ist an Sie adressiert.« Zögerlich reichte er Ballauf den Umschlag.

»An *mich*?« Ballauf nahm ihm den Umschlag aus der Hand. Der giftige Blick, den er dem Mann dabei zuwarf, ließ diesen zügig den Raum verlassen.

Ballauf betrachtete den Umschlag genau. Auf den Adressaufkleber war sein Name gedruckt. Er tauschte einen Blick mit Freddy und riss den Brief auf. Die möglichen Spuren darauf hatten die Kollegen offenbar bereits gesichert.

In dem Kuvert befand sich ein einzelnes Blatt. Es schien teures Briefpapier zu sein. In eleganter Kursivschrift war ein Datum darauf gedruckt, nichts weiter.

»4. März 1998«, las Ballauf vor.

Freddy legte den Kopf schief. »War das der *eine* Tag?«, fragte er.

Ballauf kaute auf der Unterlippe und zog die Schultern hoch. »Keine Ahnung«, murmelte er. »Kann hinkommen.«

Freddy kniff die Augen zusammen und schnaufte. »Weißt du, was das heißt?«

Ballauf sah ihn fragend an. »Was?«

»Franziskas Vermutung war richtig. Da scheint dich jemand seit Jahren zu beobachten, Max. Und zwar auf Schritt und Tritt.«

Ballauf sah ihn entgeistert an. »Das kann nicht sein«, sagte er.

»Hast du eine bessere Erklärung? Jemand ist hinter dir her. Aber *warum*? Was hat der vor?«

Freddy reckte sich und stemmte die Fäuste in die Seite. Sein Blick schweifte nachdenklich durch das Wohnzimmer der toten Karin Diedrich. Ballaufs Blick hing irgendwo im Nichts. Er versuchte nachzudenken, aber es gelang ihm nicht, seine wirbelnden Gedanken zu ordnen.

»Eifersucht ist ja wohl nicht das Motiv, oder?«, fuhr Freddy fort. »Ich meine … schau mal, wie einsam sie gewesen sein muss.« Er sah Ballauf forschend an. »Hast du nie das Gefühl gehabt, dass dich da jemand beobachtet?«

»Nein!«, antwortete Ballauf heftig. Kopfschüttelnd sah er zu Boden, als wäre er selbst über seinen Ton erschrocken. »Ist mir jedenfalls nicht aufgefallen«, setzte er versöhnlicher hinzu.

»Solltest du mal demnächst drauf achten«, sagte Freddy nachdenklich.

Plötzlich verzog Ballauf heftig das Gesicht und fuhr sich mit dem Zeigefinger der Rechten tastend in die Mundhöhle.

»Ich reiß diesen Scheißzahn … den reiß ich irgendwann raus!«

»Wann hast du denn den Termin?«, fragte Freddy mit mitleidigem Blick.

»In zwei Tagen«, stöhnte Ballauf.

»Probier's doch mal mit Nelkenöl, hm?«, sagte Freddy aufmunternd.

»Jaja …« Ballauf streifte den Ärmel seiner Lederjacke hoch und sah auf die Armbanduhr. »Ich muss jetzt zur Kita«, sagte er, »Anna abholen. Ich geh zu Hause noch mal die Akten durch.« Er reichte den Umschlag an Freddy. »Nimmst du das?«

Mit einem Kopfnicken nahm Freddy das Kuvert an sich.

»Ich klopf mal derweil Frau Diedrichs Bekanntenkreis ab«, sagte er. »Vielleicht gibt's da 'ne Verbindung …«

Aber Ballauf war schon aus der Tür.

Freddy sah ihm mit skeptischen Kopfnicken hinterher. Er warf dem Chef der Spurensicherer noch einen versöhnlichen Gruß zu, dann verließ auch er die Wohnung.

***

Frau Meyerrink stand an der Tür und verabschiedete einen kleinen Jungen, der gerade von seiner Mutter abgeholt wurde, als Ballauf aus dem Wagen stieg. Sie sah heute erheblich freundlicher aus und reichte Ballauf sogar die Hand, nachdem er die Treppe zum Eingang der Kindertagesstätte hochgestiegen war.

»Ist die Anna schon so weit?«, fragte er.

»Ist sie«, antwortete Frau Meyerrink. Ballauf wartete an der mit Kinderzeichnungen von Marienkäfern und Schmetterlingen beklebten Holztür, während sie im Innern nach Anna suchte.

Sein Atem dampfte in der kalten, feuchten Luft. Er fröstelte und zog die Schultern hoch, in seiner typischen Geste, von der er nicht wusste, dass sie typisch war.

Anna begrüßte ihn flüchtig, sie trug ihren warmen Dufflecoat und um den Hals einen grün gestreiften Schal. Er verabschiedete sich freundlich von Frau Meyerrink, schließlich konnte er nicht wissen, wie oft er es schaffen würde, Anna tatsächlich pünktlich abzuholen. Es würde bestimmt hilfreich sein, bei ihr einen halbwegs guten Eindruck zu hinterlassen. Anna war die Treppe hinuntergesprungen und wartete schon auf ihn.

Sie bemerkten das Auto nicht, dessen Seitenscheibe gerade heruntorglitt; auch nicht, als der Mann auf dem Fahrersitz die Kamera mit dem schweren Objektiv hob und Foto um Foto schoss: von Ballauf – und von Anna, wie sie Hand in Hand die Straße überquerten.

Als sie in Ballaufs Wagen gestiegen waren, öffnete der Mann das abgestoßene schwarze Notizbuch und begann in seiner präzisen, sauberen Handschrift zu schreiben.

Nach einem Blick auf das altmodische mechanische Chronometer an seinem Handgelenk notierte er die Uhrzeit. Immerhin war Ballauf heute pünktlich gewesen. Er wusste allerdings, dass er sich darauf keinesfalls würde verlassen können.

***

Mit einem ärgerlichen Kopfschütteln schloss Ballauf das Fläschchen Nelkenöl. Das Zeug half vielleicht bei Freddy, *sein* Zahn ließ sich davon jedenfalls nicht beeindrucken.

Er saß, umgeben von einem halben Dutzend Aktenstapeln, in dem breiten Art-déco-Bett in Beatrices Schlafzimmer und versuchte, das Fläschchen auf dem Nachttisch abzustellen, aber er fand zwischen den auch hier gestapelten Papieren keinen Platz dafür. Schließlich deponierte er es auf dem Sockel der unpraktischen modernen Nachttischlampe, in deren Schein er sich seit Stunden und ohne jeden Erfolg durch den unermesslich scheinenden Berg an Aufzeichnungen arbeitete.

Müde rieb er sich die Augen. Als das alte Bakelittelefon auf dem anderen Nachttisch läutete, robbte er über das Bett und nahm ab.

»Ja, Ballauf bei Stadler«, meldete er sich und versuchte gleichzeitig einige dünnere Aktendeckel davor zu bewahren, vom Bett zu rutschen.

»Hat Ihnen mein Geschenk gefallen, Herr Ballauf?«, fragte eine hämische Stimme am anderen Ende der Leitung.

Ballauf erstarrte.

Er erkannte die Stimme sofort. Die Akten fielen geräuschvoll zu Boden.

Die Stimme wurde schärfer. »Ich hab Sie gefragt, ob Ihnen mein Geschenk gefallen hat. Antworten Sie, wenn ich mit Ihnen rede!«

»Nein, Ihr Geschenk hat mir *nicht* gefallen«, antwortete Ballauf. »Woher haben Sie die Nummer?« Er glaubte durch den Hörer das Geräusch starken Regens zu hören, war sich aber nicht sicher, ob es nicht doch der Regen war, der an die Scheiben des Schlafzimmerfensters trommelte.

»Das ist nicht das Einzige, was ich weiß, Herr Ballauf. Verlassen Sie sich darauf.«

»Warum *wollen* Sie mir denn was schenken?«

»Versuchen Sie nicht, schlau zu sein, Herr Ballauf.«

Mittlerweile war Ballauf sich sicher, dass es Regen war, den er durch den Hörer wahrnahm. Vielleicht stand der Mann in einer Telefonzelle oder mit einem Handy irgendwo draußen.

»Mit Ihrer Polizeischulpsychologie werden Sie nicht weit kommen«, setzte die Stimme hinzu.

»Gut, wie *komm* ich denn weiter?«

»Haben Sie den Brief gefunden?«, fragte die Stimme.

Ballauf runzelte die Stirn. Er brauchte Zeit zum Nachdenken.

»Welchen Brief?«, fragte er deshalb.

Wieder wurde die Stimme schärfer. »Herr Ballauf, ich habe Sie gerade schon mal gewarnt. Sie sollten jedenfalls dankbarer dafür sein, dass ich so entgegenkommend zu Ihnen war.«

»Warum Karin? Sie hat keinem Menschen was getan!«, stieß Ballauf heftig aus und spürte, wie ihn eine Welle von Wut durchrauschte.

Diesmal ließ die Antwort auf sich warten.

»Warum?«, insistierte Ballauf.

»Zufallsprinzip. Hat eben Pech gehabt«, gab der Mann am anderen Ende harsch zurück, aber zum ersten Mal meinte Ballauf, so etwas wie Unsicherheit in seiner Stimme zu erkennen. Es klang, als sei der Mann selbst nicht überzeugt von dem, was er sagte.

»Was *wollen* Sie von mir?«, fragte Ballauf.

Aber das schien die falsche Frage gewesen zu sein. Der Mann war offenbar wieder auf sicherem Terrain.

»Ich möchte mit Ihnen *spielen*, Herr Ballauf«, sagte er. »*Spielen* Sie gern? Das Spiel hat schon begonnen. Die Spielregeln erkläre ich Ihnen beim nächsten Mal.«

»Was wollen Sie von mir?« Ballauf brüllte jetzt fast in den Hörer.

»Das müssen Sie schon selbst rausfinden … Schlafen Sie gut«, sagte die Stimme und dann, nach einer Pause: »Und grüßen Sie Anna ganz herzlich von mir.«

Ballauf starrte den Hörer in seiner Hand an. Der Mann hatte aufgelegt.

»Anna …!« Er warf die Decke zurück und sprang aus dem Bett, ohne sich um die rutschenden Aktenstapel zu kümmern. Schnell überquerte er den Gang und riss die Tür zu Annas Zimmer auf.

Erleichtert atmete er auf, als er in dem Lichtstreifen, der aus dem Flur in den Raum fiel, ihren zerzausten Haarschopf unter der Decke hervorlugen sah.

Leise betrat er das Zimmer, setzte sich vorsichtig auf den Rand des Bettes und zog sorgfältig ihre Decke zurecht. Er sah sich um. Ein Sofa gab es nicht, aber in der Ecke stand ein Polstersessel.

Ballauf nickte grimmig. Dann ging er eine Decke holen.

DREI

Ein Telefontechniker saß mit seinem Laptop an Ballaufs Schreibtisch, ein anderer lag auf dem Bauch hinter dem Tisch und fummelte an der Anschlussdose herum. Werkzeug und Drähte quollen aus den beiden Werkzeugkoffern, die die Stühle des Büros blockierten.

Freddy saß halb auf der Fensterbank, aber Ballauf war nicht nach Sitzen zumute. Ruhelos ging er auf und ab. In der Ecke hatten sie die große Pinnwand mit dem dreibeinigen Ständer platziert. Sie war übersät von Fotos der Leiche, Tatortskizzen und gelben Klebezetteln. Ballauf rieb sich den steifen Nacken: Die Nacht im Sessel war anstrengend gewesen.

Franziska lehnte mit verschränkten Armen am Türrahmen. Ihr Blick folgte ihm mit einer Mischung aus Aufmerksamkeit und Besorgnis.

Er übernimmt sich, dachte sie.

»Ich kann Anna jetzt nicht noch woandershin verfrachten«, sagte Ballauf. »Die leidet ja schon genug darunter, dass ihre Mama im Krankenhaus ist.«

»Jetzt mach dich mal nicht verrückt, Max«, sagte Freddy, »Beatrice steht unter Polizeischutz, und ab heute stehen auch zwei Kollegen bei dir vor der Tür. Anna kann niemand ohne Ausweis von der Kita abholen. Da wissen alle Bescheid.«

Freddys Ton war betont beschwichtigend, aber Ballauf ließ sich davon nicht beruhigen.

»Und was ist mit all den anderen?«, stieß er heftig gestikulierend hervor. »Ich mein, wenn er sich *Karin* rauspickt … Da ist doch *jeder* in Gefahr, der was mit mir zu tun hat oder hatte. Was ist mit *dir*?«, fragte er. Dann zeigte er auf Franziska: »Was ist mit *ihr*?«

Franziska blickte betroffen zur Seite. Unwillkürlich tastete ihre Hand über ihre Kehle.

Aber Freddy schüttelte energisch den Kopf. »Der hat 'n System, Max. Hundertprozentig. Ich glaub nicht, dass der sich wahllos Leute raussucht«, sagte er. Nach einer kurzen Pause fuhr er fort: »Ich mach mir ehrlich gesagt mehr Sorgen um *dich*.«

»Ach.« Ballauf winkte mit großer Geste ab. »Auf mich kann ich alleine aufpassen.«

Das Telefon auf seinem Schreibtisch läutete. Der Techniker nahm ab und meldete sich mit einem knappen »Ja«.

»Okay«, sagte er dann, legte wieder auf und drehte sich mit dem Stuhl in ihre Richtung. »Die Fangschaltung in der Wohnung Ihrer Cousine steht«, sagte er.

»Okay.« Ballauf atmete tief aus und zog die Brauen hoch. Jetzt musste der Mann nur noch anrufen. Als Polizist wartete er natürlich darauf, er fieberte richtiggehend nach dem nächsten Anruf. Aber für Anna wäre es ihm lieber gewesen, diese Stimme nie mehr hören zu müssen. Für Anna und für Beatrice. Er nahm das Fläschchen mit dem Nelkenöl vom Schreibtisch und schraubte es auf.

»Was ist denn mit dem Datum?«, fragte Freddy.

»Ich hab meinen Kalender noch mal überprüft«, sagte Ballauf und tupfte sich das Öl auf den schmerzenden Zahn. »Wir waren an dem Tag tatsächlich zusammen. 4. März 1998«, fuhr er fort, nachdem er den Finger wieder aus dem Mund hatte.

»Und?«, fragte Freddy. »Hilft's?«

»Nee«, maulte Ballauf, verrieb aber einen weiteren Tropfen, bevor er die Flasche wieder zuschraubte.

»Ich glaub, wir müssen da weiter zurückgehen«, sagte Freddy.

Ballauf sah überrascht auf. »Miami!«, sagte er.

Freddy schüttelte verneinend den Kopf. »Noch weiter«, sagte er. »Ich denk da an deine Zeit in Düsseldorf.«

Franziska nickte zustimmend. »Ich bin schon unterwegs«, sagte sie und öffnete die Tür. Dann drehte sie sich noch einmal um. »Ich hoffe, die Kollegen in Düsseldorf sind kooperativ«, fügte sie spitz hinzu.

Ballauf schnaufte. Blöde Witze über Köln-Düsseldorfer Rivalitäten waren genau das, was er jetzt brauchen konnte.

»Gibt's was Neues wegen dem Gift?«, rief ihr Freddy noch hinterher.

»Nee«, antwortete Franziska vom Flur aus. »Noch nicht. Aber das Speziallabor ist dran.«

»Komm, lass uns mittagessen«, sagte Freddy zu Ballauf. »Wir können nicht den ganzen Tag warten, bis der Bekloppte hier anruft.«

Ballauf nickte ergeben. »Okay«, sagte er und streifte sich seine Jacke über, obwohl Essen das Letzte war, wonach ihm der Sinn stand.

Nicht nur wegen seines Zahns, natürlich nicht. Aber auch.

***

Es war trocken, aber der Himmel war von einem deprimierenden Dunkelgrau. Sie standen an einem der Tische vor der »Wurstbraterei«. Freddy schmeckte die Currywurst sichtbar, aber Ballauf stocherte nur gedankenverloren in seinen Fritten herum. Der Spiegel des Rheins, der bleifarben unmittelbar neben ihnen floss, näherte sich dem Winterhochwasser, aber Ballauf hatte für ihn ebenso wenig Augen wie für den majestätisch auf dem gegenüberliegenden Ufer thronenden Dom. Er starrte nur vor sich hin.

»Wahrscheinlich beobachtet der uns jetzt schon wieder«, sagte er leise.

»Durchaus möglich«, antwortete Freddy mit halb vollem Mund.

Die Tür des Wurstwagens öffnete sich. Der Besitzer kam mit einem Eimer heraus und begann, den äußeren Tresen abzuwischen. Freddy nickte wohlgefällig. Hält seinen Laden in Schuss, der Mann. Hier kann die Lebensmittelaufsicht ruhig kommen, dachte er.

»Ich bin ehrlich gesagt heilfroh, wenn Beatrice wieder raus ist aus dem Krankenhaus«, sagte Ballauf. »Das ist alles 'n bisschen viel auf einmal.«

Freddys Augen blitzten spöttisch auf. »Ist wohl nicht so deine Sache, Papa spielen?«, sagte er.

Ballauf verzog nachdenklich den Mund. »Würd ich so nicht sagen.«

»Was arbeitet deine Cousine eigentlich?«, fragte Freddy zwischen zwei Bissen.

Ballauf hob die Brauen. Überrascht stellte er fest, dass er die Frage nicht beantworten konnte.

»Weiß ich nicht so genau. Die hat mal ...«, in seinem Gesicht arbeitete es, Freddy sah ihm die Erleichterung an, als es ihm doch einfiel, »... Ethnologie ... und Germanistik studiert. Außerdem malt sie noch 'n bisschen.«

»Und warum ist sie das schwarze Schaf in der Familie?«, fragte Freddy und beobachtete erfreut, dass seine Frage so etwas wie ein Grinsen bei Ballauf hervorrief. Ein verlegenes zwar, aber immerhin ein Grinsen.

»Nun sag schon«, insistierte er, als Ballauf nicht antwortete.

»Tja …«, Ballaufs Grinsen wurde breiter, »angeblich hat sie während ihrer Studienzeit so ‘n paar Softpornos gedreht.«

Nun grinste auch Freddy, während er sich das nächste Stück Currywurst in den Mund schob.

»Ich war wohl der Einzige in der Familie, der das nicht schlimm, sondern eher ‘n bisschen lustig fand«, sagte Ballauf. »Der Rest der Sippe nicht. Da ist sie dann abgehauen … hat sich nach Neuseeland abgesetzt.«

»Klingt doch eigentlich nach ‘ner ganz interessanten Biographie«, sagte Freddy und wischte sich mit der Serviette Soße vom Kinn.

Das Grinsen auf Ballaufs Gesicht verglomm. »Ist ja auch ‘ne interessante Frau«, sagte er ernst.

Freddy zahlte, während Ballauf dessen leeren Plastikteller und den Rest seiner eigenen, kalt gewordenen Portion in den Mülleimer beförderte.

»Hattet ihr mal was?«, fragte Freddy, als sie auf dem Weg zum Wagen waren.

Ballauf blieb stehen. »Ey … das ist meine Cousine!«

Freddy drehte sich zu ihm um. »Ja und? Das ist doch kein Verbrechen!«

Sein Ton war ernst, aber in seinen Augenwinkeln glaubte Ballauf einen Hauch von Spott zu erkennen. Verlegen sah er zur Seite.

»Ich war früher mal tierisch verliebt in sie«, sagte er und ging langsam weiter.

»Hoffentlich weiß das dieser Irre nicht«, sagte Freddy.

Ballauf sah ihn überrascht an. »Da müsste er schon Gedanken lesen können«, sagte er. »Ich hab ihr das nie gesagt. Nie!«, setzte er entschieden hinzu.

Sie ereichten ihren dunkelblauen Kombi. Ballauf tastete in der Jackentasche nach dem Wagenschlüssel, als sein Blick auf den Knopf der Fahrertür viel. Abrupt blieb er stehen.

»Sag mal, hab ich vergessen, die Tür abzuschließen?«, fragte er.

»Keine Ahnung«, antwortete Freddy. Er sah sich alarmiert um, aber es gab nichts zu entdecken, was irgendwie ungewöhnlich gewesen wäre.

Ballauf öffnete die Fahrertür. Auf dem Sitz lag ein Umschlag.

Auf dem Umschlag lag eine Blume.

Eine rote Lilie.

»Scheiße«, sagte Ballauf nur.

Er griff nach dem Umschlag und starrte ihn an. Vielleicht wäre es besser, nie zu erfahren, was darin steckte ...

Es war ein brauner, leicht wattierter Umschlag, genau wie die Spurensicherung ihn in der Wohnung der toten Karin Diedrich gefunden hatte.

»Nun mach mal auf«, drängte Freddy.

Zögernd griff Ballauf in das unverschlossene Kuvert und zog einen gefalteten Brief und ein großes Foto heraus. Als er die Frau darauf erkannte, schloss er die Augen.

Freddy nahm ihm das Blatt und das Foto aus der Hand. »Wer ist 'n das?«, fragte er.

Ballauf sah ihn nicht an. Sein Blick schweifte ziellos über den Rhein.

»Das ist Julia Zeun. Hab ich auf 'ner Weiterbildung kennengelernt.«

»Polizistin?« Freddy sah ihn ungläubig an. »'ne *Kollegin?*«

Ballauf nickte schwach. »Ich war drei Monate mit ihr zusammen.«

Freddy kniff die Lippen zusammen. Er faltete den Brief auseinander und las vor:

»Das ist der Einsatz für das nächste Spiel. Sparen Sie sich die Mühe, nach ihr zu suchen. Sie brauchen dreihunderttausend Euro, und zwar in kleinen, unmarkierten Scheinen. Seien Sie um siebzehn Uhr in Ihrem Büro …« Er ließ den Brief sinken und sah Ballauf verständnislos an. »Was soll denn das jetzt? Will der doch nur Kohle?«

Ballauf atmete heftig. »Kann ich mir nicht vorstellen. Nee!«, stieß er hervor.

»Auf jeden Fall haben wir jetzt so eine Art System«, sagte Freddy. »Der hält sich an Frauen, die was mit dir zu tun hatten.« Seine Gedanken rasten.

»Sag mal, kannten sich die beiden?«, fragte er dann. »Gibt's da irgend'ne Verbindung?«

Ballauf schüttelte entschieden den Kopf. »Außer dass die beiden was mit mir hatten, seh ich da überhaupt keinen Zusammenhang.«

Immer noch rang er um Atem. Sein Gehirn arbeitete fieberhaft, aber er fand keinen Ansatz, der ihn einer Lösung hätte näherbringen können.

»Hatte diese Julia 'nen Freund?«

Aufs Neue schüttelte Ballauf den Kopf. Dieser Gedanke war ihm auch schon gekommen. »Nee«, presste er hervor.

Langsam lagen auch Freddys Nerven blank. Seine

Rücksichtnahme auf den angeschlagenen Kollegen erschöpfte sich.

»Was will der denn von dir?«, blaffte er. »Denk doch mal *nach*, Max!«

»Was meinst du, was ich die ganze Zeit mache, Freddy?«, antwortete Ballauf heftig.

Freddy sah ihn ernst an. »Ich glaube, da gibt's irgendwas in deinem Leben, das du nicht sehen möchtest«, sagte er. »Und genau da liegt der Schlüssel.«

Ballauf nickte schwach. »Möglich«, sagte er leise. Das Handy in seiner Jackentasche klingelte. »Ja?«, meldete er sich.

»Ich bin's«, sagte Franziska. »Ihr sollt dringend im Speziallabor vorbeikommen. Die haben was wegen dem Gift und –«

»Franziska, sag dem Chef Bescheid«, fiel Ballauf ihr ins Wort, »wir brauchen bis um siebzehn Uhr dreihunderttausend Euro in bar. Dieser Kerl hat sich wieder gemeldet. Und jemand soll bei Julia Zeun vorbeifahren. Die wohnt in der Roonstraße 24. Möglich, dass sie entführt worden ist. Ja?«

»Moment mal! Was war das?«, fragte Franziska irritiert.

Ballauf holte tief Luft, dann schilderte er ihr konzentriert und knapp die neue Lage. Er buchstabierte Julia Zeuns Namen und Adresse.

»Ich schick sofort 'ne Streife hin«, sagte Franziska. »Was war mit dem Geld?«

»Dreihunderttausend, in kleinen Scheinen, bis siebzehn Uhr spätestens«, sagte Ballauf. »Kriegt ihr das hin?«

»Sollte klappen«, antwortete Franziska. »Ich tu mein Bestes.« Sie legte auf.

Ballauf starrte wieder auf das Foto von Julia Zeun, aber zum Grübeln war jetzt nicht die Zeit. Freddy boxte ihn auf den Arm.

»Komm!«, sagte er.

Sie sprangen in den Wagen, und Ballauf startete mit durchdrehenden Reifen.

»Wo fährst du hin?«, fragte Freddy. »Da geht's nicht zum Büro.«

»Vor fünf nutzen wir da niemandem«, sagte Ballauf. »Wir fahren ins Labor. Das schaffen wir vorher. Die haben was gefunden, hat Franziska gesagt.«

***

»Herr Dr. Wiedenhoff erwartet Sie bereits«, sagte die Empfangsdame mit beflissenem Nicken. »Ich bringe Sie zu ihm.«

Mit klackernden Absätzen eilte sie den in elegantem Beige gekachelten Flur entlang vor ihnen her, der rotblonde Pferdeschwanz tanzte über ihren Rücken.

»Der Laborchef persönlich?« Freddy sah Ballauf fragend an, während sie sich mühten, Schritt zu halten.

»Scheint ja wirklich wichtig zu sein«, sagte Ballauf nur.

Nach einem raschen Klopfen öffnete die Empfangsdame die Tür zum Büro des Laborchefs. Nachdem sie sie eingelassen hatte, verschwand sie diskret.

Dr. Wiedenhoff erhob sich von seinem gewaltigen Schreibtisch und kam ihnen mit energischem Schritt entgegen, aber sein Gesicht wirkte aschfahl und sein Lächeln gequält.

»Meine Herren ...« Wiedenhoff wies einladend auf

die Polstergarnitur in der Ecke. Sie nahmen Platz. »Frau Strittke bringt uns sofort einen Kaffee.«

Ballauf winkte ab. »Wir haben nicht viel Zeit. Machen Sie es bitte kurz.«

»Ja ... das Ergebnis unserer Untersuchungen wird Sie interessieren. Es war auch für uns ziemlich ... überraschend.«

»Inwiefern?«, fragte Freddy.

»Nun ...«, Wiedenhoff wand sich ein wenig, »das Gift ... oder besser: die Zutaten ... stammen aus unserem Labor.«

Freddys Augenbrauen schossen in die Höhe. »Das hört sich *allerdings* interessant an!«

»Wir experimentieren hier mit verschiedenen Giften, aus denen wir Seren und Ähnliches entwickeln«, sagte Dr. Wiedenhoff. »In diesem Fall handelt es sich um ein synthetisches, extrem schnell wirkendes Gift. Die Inhaltsstoffe und das Rezept stammen aus unserem Labor.«

Ballauf verzog das Gesicht. »Ist es sehr schmerzhaft?«, fragte er.

»Für einen kurzen Moment ja«, antwortete Wiedenhoff. »Aber wie gesagt: Es wirkt extrem schnell, ähnlich wie Zyankali.«

»Und so etwas kann hier einfach so verschwinden?«, fragte Ballauf.

»Nein, durchaus nicht. Wir führen genauestens Buch, und alle unsere Substanzen werden in Safes aufbewahrt. Dennoch muss es jemandem gelungen sein, die Zutaten zu entwenden.«

»Wem?«, fragte Ballauf. »Einem Ihrer Mitarbeiter?«

»Anscheinend ist das nicht auszuschließen ...« Wiedenhoff verzog leidend das Gesicht. Offenbar behagte ihm diese Vorstellung ganz und gar nicht. »Es ist jedoch fast unmöglich, sie hier rauszuschmuggeln.«

»Aber nur fast«, stellte Freddy fest. »Wir brauchen eine Liste Ihrer Mitarbeiter, auch der ehemaligen, und zwar schnell.«

»Selbstverständlich«, sagte Dr. Wiedenhoff.

»Ist in der letzten Zeit mal eingebrochen worden?«, fragte Freddy.

»Nein. Das heißt ...«, Wiedenhoff sah hoffnungsfroh auf, »... doch. Vor etwa einem Jahr.«

»Was wurde entwendet?«, fragte Freddy, und Wiedenhoff versank wieder in der Sorge um den Ruf seines Labors.

»Nur ein paar Computer. Sonst nichts«, sagte er.

»Könnte 'n Täuschungsmanöver gewesen sein, um den wahren Diebstahl zu vertuschen«, sagte Freddy zu Ballauf.

»Haben Sie das überprüft?«, fragte Ballauf.

»Nein. Es gab keinen Anlass«, sagte Wiedenhoff. »Der Diebstahl war ja ganz offensichtlich.«

Freddy sah auf die Uhr. »Wir müssen. Noch fünfundvierzig Minuten bis zum Anruf«, sagte er. Sie standen auf, und Dr. Wiedenhoff brachte sie zur Tür.

»Denken Sie dran: Wir brauchen die Namen Ihrer Mitarbeiter«, sagte Freddy im Hinausgehen.

»Selbstverständlich«, antwortete der Doktor.

»Und so schnell wie möglich«, sagte Ballauf. »Wir wollen ja wohl alle, dass nicht noch mehr Menschen mit Ihrem Gift getötet werden.«

Dr. Wiedenhoffs Blick wurde leicht panisch. Dieser Gedanke war ihm offenbar noch nicht gekommen. Er nickte beflissen, und Ballauf folgte Freddy eilig hinaus in Richtung Ausgang.

***

Ballauf stützte sein Gesicht in die gefalteten Hände. Vor ihm auf dem Schreibtisch lagen das Foto von Julia Zeun und die rote Lilie. Sein Blick war seit Minuten starr auf das Bild gerichtet.

Freddy ging vor dem Schreibtisch auf und ab, die Hände auf dem Rücken. Sie hassten es beide, zu warten, aber warten war Teil des Jobs. Warten auf das Geld, auf die Akten aus Düsseldorf, auf die Liste der Laborangestellten. Aber vor allen Dingen: warten auf den nächsten Anruf.

An dem kleinen Tisch saß der Telefontechniker vor seinem Laptop. Auch er wartete. Er trug Kopfhörer und hatte die Augen geschlossen. Ballauf fragte sich, ob er Musik hörte oder schlief. Oder beides.

Er zwang sich, nicht auf die Uhr zu sehen.

Franziska kam durch die offene Tür ins Büro. Freddy und Ballauf sahen ihr gespannt entgegen.

»In Julia Zeuns Wohnung wurde ein Wattebausch mit Chloroform gefunden«, sagte sie.

»Und sonst?«, fragte Ballauf.

Franziska schüttelte bedauernd den Kopf. »Tut mir leid, nichts.«

Mit einer wütenden Bewegung fegte Ballauf die Blume vom Schreibtisch.

»Scheiße!«, brüllte er.

Franziska sah ihn erschrocken an und setzte sich dann auf den Besucherstuhl, so vorsichtig, als wolle sie möglichst kein Geräusch verursachen. Hilfesuchend blickte sie zu Freddy. Der trat an den Schreibtisch, stützte die Fäuste auf und beugte sich zu Ballauf hinunter.

»Pass auf«, sagte er konzentriert, und Ballauf bemühte sich, ebenso konzentriert zuzuhören, »du solltest sofort eine Liste mit deinen Verflossenen machen«, sagte Freddy, »damit wir die Frauen auch unter Polizeischutz stellen.«

Ballauf nickte stumm.

»Das Labor hat die Liste der Mitarbeiter gefaxt«, sagte Franziska. »Das sind allerdings nur die aktuellen.«

Freddy sah sie mit gerunzelter Stirn an. »Wieso?«

Sie zuckte entschuldigend die Achseln. »Der Firmencomputer hatte vor ein paar Monaten 'nen bösen Virus, der jede Menge Daten gefressen hat. Unter anderem auch die der ehemaligen Mitarbeiter.«

Freddy sah genervt zur Decke.

»Im Stammsitz in Luxemburg kann man ein Back-up erstellen lassen, aber das kann ein paar Tage dauern«, fuhr sie fort.

Ballauf strich sich über die Stirn. »Ja, warum *das* denn?«, fragte er, mühsam beherrscht.

Franziska sah ihn genervt an. »Dreimal darfst du raten. Personaleinsparungen, Budgetkürzung … Warum soll es denen besser gehen als uns?«, setzte sie noch hinzu.

Freddy spitzte nachdenklich die Lippen und sah wieder zu Ballauf.

»Kann es da nicht 'nen Zusammenhang geben? Virus? Einbruch?«

Möglich ist alles, dachte Ballauf, aber überzeugt war er nicht.

»Was ist mit den Akten aus Düsseldorf?«, fragte er Franziska.

»Die sind unterwegs.« Sie wirkte erleichtert, wenigstens eine gute Nachricht beisteuern zu können.

Ballauf sah auf, als sich die Tür öffnete. Der Geldbote betrat in Begleitung zweier Sicherheitsmänner das Büro.

Der Bote, ein unauffälliger Mann, wirkte zwischen den beiden hochgewachsenen muskulösen Bewachern noch winziger, als er ohnehin war. Er trug einen Aktenkoffer und eine Reisetasche.

Ballauf war erleichtert, dass das Geld rechtzeitig angekommen war. Das war keine Selbstverständlichkeit in der kurzen Zeit, die ihnen zur Verfügung gestanden hatte. Bei solchen Aktionen konnte immer etwas schiefgehen.

»Wer ist der Kurier?«, fragte der Bote.

Ballauf hob den Zeigefinger. »Ich«, sagte er.

Der Beamte setzte die Tasche ab und öffnete seinen Aktenkoffer. Er nahm eine Kladde heraus, die er Ballauf übergab.

»Unterschreiben Sie das hier«, sagte er.

Ballauf öffnete die graue Kladde und kritzelte seine Unterschrift in das vorgesehene Feld. Der Beamte nahm die Kladde wieder entgegen und verstaute sie in seinem Koffer. Dann verabschiedete er sich mit einem sachlichen Nicken und verließ das Büro.

Einer der beiden Sicherheitsleute wuchtete die Reisetasche auf Ballaufs Schreibtisch, dann trat er zurück zur Wand neben seinen Kollegen. Sie ließen die Tasche nicht aus den Augen.

In diesem Moment klingelte das Telefon auf Ballaufs Schreibtisch. Der Telefontechniker öffnete die Augen.

Er war sofort hellwach und nickte Ballauf bestätigend zu.

Nach einem kleinen Zögern drückte Ballauf die Lautsprechertaste.

»Ja, Ballauf«, meldete er sich.

»Guten Tag, Herr Ballauf«, sagte die Stimme. »Ich hoffe, ich habe Sie nicht zu lange warten lassen. Haben Sie das Geld?«

»Ja. Ist alles da. So wie Sie's verlangt haben.«

»Das ist gut«, sagte die Stimme. »Das ist sogar sehr gut. Wehe, Sie mogeln.«

Ballauf sah zu dem Techniker. Der Mann starrte auf seinen Laptop, dann warf er Ballauf einen kurzen Blick zu und forderte ihn mit einer kreisenden Handbewegung auf, das Gespräch auszudehnen. Ballauf nickte verstehend.

»Passen Sie jetzt genau auf«, fuhr die Stimme fort.

Die kreisende Geste des Technikers wurde heftiger. Er wandte den Blick nicht von dem hellblau leuchtenden Bildschirm.

»Hören Sie mir genau zu«, sagte die Stimme. »Wenn Sie den kleinsten Fehler machen, haben Sie verloren … Und dann wird Ihre Freundin sterben. Haben wir uns verstanden?«

Immer noch kreiste der Finger des Technikers. Ballauf kniff die Lippen zusammen.

»*Haben* wir uns verstanden?«, fragte die Stimme scharf.

»Ich habe Sie verstanden«, antwortete Ballauf. »Aber woher weiß ich, dass Julia noch lebt? Ich möchte mit ihr reden.«

»Sie sind nicht in der Position, irgendetwas zu verlangen, haben Sie das immer noch nicht begriffen?«, antwortete die Stimme harsch. Dann wechselte ihr Klang ins Süffisante. »Sie müssen mir eben vertrauen.«

Der Techniker wandte ihnen verblüfft den Blick zu. Mit einem fassungslosen Kopfschütteln nahm er die Kopfhörer ab.

»Sie vertrauen mir doch, oder?«, fragte die Stimme hämisch.

»Wir haben ihn«, flüsterte der Techniker. Es klang, als könne er es selbst nicht glauben. »Er telefoniert von der Zelle in unserer Eingangshalle!«

Mit einer Schnelligkeit, die angesichts seiner Körperfülle jeden überraschen musste, der ihn nicht kannte, spurtete Freddy aus der Bürotür. Die beiden Sicherheitsleute ließen die Geldtasche im Stich und folgten ihm auf dem Fuß.

Ballauf blickte ihnen nach. Am liebsten wäre er hinterhergerannt, aber die Stimme fuhr erbarmungslos fort.

»Spielregel Nummer eins«, sagte der Mann. »Sie werden das Spiel alleine spielen. Ich werde Sie beobachten. Nicht die ganze Zeit. Aber Sie wissen nicht, wo – und nicht, wann. Wenn Sie sich nicht genau an meine Anweisungen halten, stirbt die Frau.«

Ballauf bemühte sich, ruhig zu atmen und zuzuhören – während jede Faser seines Körpers darauf drängte, sich in Bewegung zu setzen, etwas zu unternehmen, irgendwas.

»Sie nehmen jetzt das Geld«, sagte die Stimme zu Ballauf. »Gehen Sie zum U-Bahnhof Appellhofplatz. Dort gibt es eine Telefonzelle. In genau acht Minuten werde ich dort anrufen. Kommen Sie nicht zu spät.«

Freddy stürmte über den Flur und schaffte es gerade noch, einer Kollegin auszuweichen, die mit dem Arm voller Akten aus einem Büro trat. Der Sicherheitsmann, der hinter ihm herjagte, dagegen erwischte sie voll. Gemeinsam mit der kreischenden Frau ging er zu Boden, sodass der zweite Sicherheitsbeamte mit einem riesigen Sprung über beide hinwegsetzen musste, um Freddy ins Treppenhaus zu folgen.

Von der Telefonzelle in der Eingangshalle trennten sie sechs Stockwerke.

»Aus dem Weg!«, brüllte Freddy, als er, zwei Stufen auf einmal nehmend, das Treppenhaus hinunterhastete. Die Entgegenkommenden pressten sich ängstlich an Wand und Geländer, während die beiden Männer an ihnen vorbeipolterten.

Auf dem Absatz des zweiten Stocks schaffte Freddy es knapp, den Zusammenprall mit einer Frau zu verhindern, die gerade einen Kinderwagen aus dem Aufzug manövrierte. Der Sicherheitsbeamte kam nicht vorbei, schaffte es aber immerhin, einen Zusammenstoß zu vermeiden, indem er in einen Flur auswich.

Atemlos erreichte Freddy die Eingangshalle. An der Telefonzelle stand mit dem Rücken zu ihm ein Mann. Freddy zerrte seine Magnum aus dem Schulterholster.

»Hände hoch!«, brüllte er. »Keine Bewegung!« Sein schwerer Revolver zielte auf den Kopf des Mannes.

Der drehte sich um und sah ihn konsterniert an. Er war höchstens fünfundzwanzig.

»Ich wollte das Handy nicht stehlen«, stieß er hervor.

Freddy packte ihn und knallte ihn an die Wand. Inzwischen hatte auch der Sicherheitsbeamte die Halle erreicht und übernahm den Mann.

Freddy sah zur Telefonzelle. Der Hörer an dem metallummantelten Kabel baumelte knapp über dem Fußboden. Mit zwei starken Gummis war ein großes, altmodisches Handy so daran befestigt, dass dessen Sprechmuschel an der Hörmuschel des Telefons auflag.

Hektisch zerrte Freddy die Gummibänder ab und hielt sich das Handy ans Ohr.

Aber die Verbindung war bereits unterbrochen.

Ballauf atmete durch.

»U-Bahnhof Appellhofplatz«, sagte er zu Franziska und warf einen Blick auf seine Armbanduhr. »Acht Minuten. Ab jetzt.«

Er streifte seine braune Lederjacke über und griff nach der Geldtasche.

»Auf der Strecke bin ich zu Fuß am schnellsten. Sag Freddy, er soll mit dem Wagen dahin kommen«, sagte er. »Aber er soll sich um Gottes willen außer Sicht halten! Der beobachtet mich.«

Dann lief er los.

***

Während Ballauf die Treppe hinunterhastete, versuchte er, seinen Atem zu kontrollieren. Bis zum Appellhofplatz war es ein guter Kilometer.

Er durfte sich nicht zu früh verausgaben.

Er überlegte, welches der günstigste Weg war. Normalerweise würde er die Hohe Pforte und dann die Hohe Straße nehmen, aber er brauchte freie Bahn, und in der Fußgängerzone würde er ständig im Zickzack laufen müssen.

Er entschied sich, den Weg über Krummen Büchel und Sternengasse und dann an der Nord-Süd-Fahrt entlang zu nehmen. Am Weltstadthaus überquerte er trotz Lebensgefahr und eines Schwalls von Beschimpfungen aus dem ihn umtosenden Verkehr diagonal die Cäcilienstraße, kämpfte sich den Weg über die Schildergasse frei und erreichte die Oper. Dort wählte er den Weg über den Offenbachplatz.

Als er den Eingang der U-Bahn-Station an der Breite Straße erreichte, sah er auf die Uhr. Sechs Minuten. Schneller ging nicht. Er lief die Treppe hinunter und erreichte den fast hundert Meter langen Durchgang, der von einem Dudelsackspieler am anderen Ende beschallt wurde. Mit jedem Schritt, den er sich ihm näherte, wurde das quäkende Gedudel lauter und unangenehmer.

Die Telefonzelle war frei. Sie begann in dem Moment zu klingeln, als Ballauf sie erreichte. Er nahm ab, aber der Dudelsack machte es ihm fast unmöglich, etwas zu verstehen. Verzweifelt steckte er sich einen Finger in das freie Ohr.

»Warm geworden?«, fragte die Stimme hämisch.

Ballauf antwortete nicht, und der Mann am Ende der Leitung schien das auch nicht zu erwarten.

»Sie fahren jetzt zur Lohsestraße, von da aus gehen Sie zur Siebachstraße, dort gibt es eine Kirche.«

»Ja«, sagte Ballauf atemlos. Er kannte die Kirche. Dort fanden unter der Woche oft Konzerte und Veranstaltungen statt, er war einmal da gewesen.

»Hinter dem Taufbecken finden Sie weitere Anweisungen«, fuhr die Stimme fort. »Sie haben vierzehn Minuten. Ab jetzt.«

Ballauf knallte den Hörer auf und spurtete in Richtung Bahnsteig. Im Laufen zog er sein Handy und wählte Freddy an.

Als Freddy und der Sicherheitsbeamte in dem schwarzen Dienst-BMW den Eingang erreicht hatten, war Ballauf gerade darin verschwunden.

Jetzt klingelte das Telefon im Wagen, und Freddy drückte die Freisprechtaste.

»Mit welcher Linie komm ich von hier zur Lohsestraße?« Ballaufs Stimme schepperte verzerrt aus dem Lautsprecher.

Freddy zog verblüfft die Augenbrauen hoch. Er wollte gerade »Keine Ahnung« sagen, aber der Sicherheitsbeamte antwortete wie aus der Pistole geschossen:

»16 oder 18 bis Ebertplatz, da in die 12 oder 15 umsteigen.«

»In vierzehn Minuten in der Kulturkirche Siebachstraße«, keuchte Ballauf noch, dann unterbrach er die Verbindung.

»Sind Sie KVB-Spezialist?«, fragte Freddy.

»Ist mein Weg zur Arbeit«, gab der Beamte zur Antwort. Dann drückte er aufs Gas.

Als Ballauf den Bahnsteig erreichte, schlossen sich gerade die Türen an einem Zug der Linie 16. Es gelang ihm im letzten Moment noch, die Geldtasche in die Lichtschranke zu schwingen und sich durch den Spalt zu zwängen. Nach Atem ringend ließ er sich auf den einzigen freien Platz zwischen zwei ungepflegten älteren Männern fallen, von denen der eine nach Schweiß und der andere nach Schnaps stank. Der nach Schnaps stinkende grinste ihn zahnlückig an.

»Die Ruhe ist dem Rindvieh heilig, nur Verrückte haben's eilig«, sagte er und lachte keuchend.

Ballauf schloss genervt die Augen.

Am Ebertplatz ersparte er sich die Treppe zum anderen Bahnsteig und überquerte einfach die Gleise. Einem darauf wüst schimpfenden KVB-Ordnungshüter hielt er wortlos seinen Dienstausweis unter die Nase.

Als die 15 endlich den Bahnhof Lohsestraße erreichte, blieben ihm noch vier Minuten. Er lief los, hetzte die Neusser Straße hoch, dann in die Kempener und schließlich links in die Cranachstraße. Er brauchte drei Minuten. Als er das Kirchenportal erreichte, war der Pfarrer gerade dabei, es abzuschließen. Ballauf musste mit seinem Dienstausweis wedeln, um ihn davon zu überzeugen, die Tür für ihn noch einmal zu öffnen.

»Wo ist das Taufbecken?«, fragte er keuchend.

»Vorne rechts«, antwortete der Pfarrer verwundert.

Ballauf rannte den Mittelgang entlang. Das massive Taufbecken war auch in dem schummrigen Licht, das durch die farbige Bleiverglasung der Fenster sickerte, nicht zu verfehlen.

Er umrundete das Becken. An der Rückseite, mit Klebeband befestigt, hing ein computerbeschriebenes DIN-A4-Blatt.

»In fünf Minuten klingelt das Telefon in der linken Kabine vor dem Eingang zum U-Bahnhof Florastraße.«

Ballauf zückte sein Handy und drückte die Wahlwiederholung.

»U-Bahnhof Florastraße, fünf Minuten«, bellte er hinein. Dann sprintete er an dem verständnislos schauenden Pfarrer vorbei zum Ausgang.

Mühsam rief er sich den Straßenplan von Nippes ins

Gedächtnis, um den schnellsten Weg durch die verwirrenden dreieckigen Blocks des Viertels zu finden. Er erreichte die beiden Telefonzellen gerade noch rechtzeitig, aber die linke war von einem Mann besetzt.

Ballauf riss die Tür auf. »Auflegen!«, sagte er nur, dann griff er den verdutzten Mann am Kragen seiner Windjacke, zerrte ihn ins Freie und knallte den Hörer auf die Gabel. Im selben Moment begann der Apparat zu läuten. Er nahm sofort ab.

»Hallo?«, stieß er außer Atem hervor.

»Spinnst du oder was?«, brüllte der Mann vor der Zelle, der sich von seiner Überraschung erholt hatte, und zog die Tür auf.

Ballauf zerrte seinen Ausweis hervor und hielt ihn dem Mann vors Gesicht. »Hey, verschwinde oder nimm die andere Zelle!«, brüllte er.

Aber der Mann war nicht so leicht zu beeindrucken. »Hör mal, die ist im Arsch, ja? Und nur weil du von der Polizei bist –«

Ballauf packte ihn am Revers und zog ihn zu sich heran. »Ey, Alter! Bist du schwerhörig? Verpiss dich!«

Der Mann gab auf und zog sich maulend zurück, aber als Ballauf den Hörer ans Ohr hielt, war die Leitung tot.

»Hallo? Hallo!«, rief er, aber er wusste, dass es zwecklos war. Mit einem Fluch knallte er den Hörer zurück auf die Gabel.

Verzweifelt ballte er die Fäuste. »Komm schon«, presste er hervor. »Ruf an. Bitte. Jetzt ruf endlich an!«

Nach endlosen Sekunden läutete das Telefon erneut. Mit einem Seufzer der Erleichterung nahm Ballauf ab.

»Hallo?«

»Was ist da los?«, fragte die Stimme. »Sie sind nicht allein!«

»Nein …«, antwortete Ballauf, »da war jemand in der Zelle.«

Die Stimme blieb kalt. »Ich habe gesagt, Sie sollen mich nicht anscheißen. Sie haben verloren. Das war's.«

Ballauf schüttelte den Kopf. »Nein, bitte! Ich hab Ihnen die Wahrheit gesagt! Hallo? Hallo? Können Sie mich hören?«

Er erhielt keine Antwort, aber er war sicher, dass der Mann noch am Apparat war. Er hörte seinen Atem.

»Hallo? Hören Sie mich? *Ich habe Ihnen die Wahrheit gesagt!*«, brüllte er schließlich in den Hörer.

Endlich sagte der Mann: »Wahrheit … *Ihre* Wahrheit kenn ich! Wenn das noch mal passiert, ist das Spiel zu Ende. Sie gehen jetzt zum Leipziger Platz. In einem der Mülleimer finden Sie weitere Anweisungen. Zwei Minuten.«

»Okay.«

»Beeilen Sie sich.«

»Okay.«

»Nur zwei Minuten.« Der Mann legte auf.

Ballauf spurtete los. Er nahm sich nicht die Zeit, Freddy anzurufen.

»Wo will er *jetzt* hin?« Freddy ließ das Fernglas sinken, mit dem er die Telefonzelle beobachtet hatte.

Der Sicherheitsbeamte zuckte die Achseln. Sie standen knapp hundert Meter entfernt, und ihr Wagen blockierte den Fahrradweg. Der Beamte startete den BMW.

Ballauf schwitzte, obwohl der kalte Nieselregen seine Lederjacke längst durchweicht hatte. Sein Atem ging stoßweise, seine Lunge brannte, aber er rannte weiter. Die Neusser entlang, dann nach rechts in die Scharnhorststraße.

»Mist«, sagte der Beamte. »Einbahnstraße. Wenn wir da reinfahren, fallen wir auf.«

»Nehmen Sie die Nächste«, sagte Freddy.

Ballauf lief am Taxistand vorbei und erreichte den kleinen Park, dessen nassschwarze, winterkahle Bäume genau seiner verzweifelten Stimmung entsprachen.

Er sah sich auf der Suche nach einem Mülleimer hektisch um und entdeckte gleich drei. Er lief zum ersten, der bis zum Rand voll war und von McDonald's-Tüten und anderem Zivilisationsmüll fast überquoll. Schicht um Schicht fegte er heraus, aber er entdeckte nichts. Plötzlich begann ein Handy zu klingeln. Suchend sah er sich um. Auf einer Bank, gleich vor dem nächsten Mülleimer, hockten drei Gestalten, die allerdings nicht so aussahen, als besäße eine von ihnen ein Mobiltelefon: ein älterer Trinker und zwei Punks. Als er an ihnen vorbeilief, hob der Ältere den Kopf.

»Ey, hast du mal 'n bisschen Kleingeld für mich?«, nuschelte er Ballauf zu.

»Nee«, antwortete Ballauf im Vorbeilaufen. Tatsächlich: Das Läuten kam aus dem Mülleimer. Hastig wühlte er darin herum und entdeckte das Handy.

»Ja, Ballauf«, keuchte er hinein.

»Da ist er«, sagte der Beamte. Sie rollten auf der Blücherstraße an der Nordseite des Parks entlang.

»Nicht anhalten, der Typ ist bestimmt in der Nähe«, sagte Freddy. »Er darf uns nicht bemerken.«

Die Stimme im Handy klang frostig. »In der Mülltonne ist eine Flasche mit Spiritus. Nehmen Sie die.«

Nach kurzem Suchen fand Ballauf die Flasche. Eine Packung Streichhölzer war mit Klebeband daran befestigt.

»Und jetzt leeren Sie die Tasche aus«, sagte die Stimme.

Ballauf runzelte verständnislos die Stirn. »*Was* soll ich?«

»Reden Sie nicht, machen Sie, was ich sage!«, blaffte die Stimme.

Ballauf sah sich ratlos um. Die drei Gestalten auf der Parkbank musterten ihn mit mäßigem Interesse.

»Los jetzt!«

Sie hatten Glück und fanden in Sichtweite eine Parklücke. Der Beamte rangierte den BMW hinein.

Freddy setzte das Fernglas an. »Was macht er denn da?«, fragte er.

Ballauf öffnete den Reißverschluss der Tasche und kippte das Geld auf den Boden.

»Jetzt schütten Sie den Spiritus drüber«, kommandierte die Stimme.

Dem älteren Trinker fiel der Unterkiefer herab, als er erkannte, was er da vor sich sah.

»Ey, Leute!«, stammelte er. »Ich glaub, der Weihnachtsmann kommt dieses Jahr früher.«

Ballauf schraubte die grüne Plastikflasche auf und spritzte den Inhalt über den Geldhaufen, an dem bereits der Wind zerrte.

»Jetzt nehmen Sie die Streichhölzer und zünden das Geld an.«

»*Was* soll ich?«, fragte Ballauf noch einmal und sah

den Trinker und die beiden Punks mühsam auf die Beine kommen. Unsicher bewegten sie sich auf ihn zu.

»Reden Sie nicht. Machen Sie, was ich sage«, sagte die Stimme. »Es sei denn, es liegt Ihnen nichts an Julia.«

Ballauf öffnete mit zitternden Fingern die Streichholzschachtel. Erst beim dritten Versuch zündete das Hölzchen. Er ließ es fallen, und der Haufen Geldscheine ging mit einem Puff in Flammen auf.

Der ältere Trinker versuchte, Ballauf zur Seite zu stoßen, um an das Geld zu gelangen.

»Verschwender!«, brüllte er. »Willst du uns verarschen, oder was?«

Ballauf hielt den heftig ringenden Mann fest. »Verschwinde. Lass die Finger weg! Finger weg!«, schrie er ihn an.

Es gelang ihm, den Älteren festzuhalten, aber die beiden Punks rannten an ihm vorbei.

»Hey, verschwindet! Weg, hört auf! Ey!«, brüllte Ballauf verzweifelt, aber der größere der beiden kickte mit seinen Springerstiefeln den brennenden Geldhaufen auseinander. Zahllose Scheine wurden vom Wind hochgewirbelt, viele davon noch völlig unversehrt. Die beiden stürzten sich darauf und rafften zusammen, was sie kriegen konnten.

»Haut ab!«, rief der Trinker den beiden zu, und die Punks rannten aus dem Park in Richtung Bülowstraße.

Ballauf, der immer noch den Alten in Schach hielt, schaute ihnen machtlos hinterher. Das Handy läutete wieder.

»Hallo?«, meldete Ballauf sich keuchend.

»Herr Ballauf, Sie haben verloren«, konstatierte die Stimme. »Sie sollten das *ganze* Geld anstecken.«

Ballauf traten Tränen hilfloser Wut in die Augenwinkel.

Um Gottes willen, Julia!, dachte er.

»Ich hab es doch versucht!« Er rang um Worte und um Atem. »Ich hab es doch versucht! Ich hab mich doch an die Abmachung gehalten!«

Aus dem Handy kam keine Antwort.

»Können Sie mich hören?«, rief er hinein. »Hallo? … Sind Sie noch da? … Sind Sie noch da? Hallo? Hallo? *Ich hab es doch versucht!*«

VIER

Ballauf hieb so heftig mit der Faust gegen die Pinnwand, dass sie mitsamt dem Ständer gegen die Wand kippte und scheppernd zu Boden rutschte.

»Dieses Schwein!«, brüllte er außer sich. »Dieses miese Dreckschwein!«

Auf seinem Schreibtisch lagen der aufgerissene braune Umschlag, der eben mit der Post gekommen war, und dessen Inhalt: ein Foto der toten Julia Zeun. Sie lag mit geschlossenen Augen auf dem Rücken, ihre gefalteten Händen hielten eine rote Lilie.

»Ein Dreckschwein!«, schrie Ballauf in den Raum.

»Max«, sagte Freddy ruhig. »Du hattest doch nie 'ne Chance! Du solltest doch gar nicht gewinnen! Was –«

Ballauf schien ihn gar nicht zu hören. Er hieb gegen die Tür und versetzte der bereits umgekippten Pinnwand einen weiteren Tritt.

Freddy packte ihn an den Schultern. »Hör mir zu!«, sagte er eindringlich. »Hör mir zu! Der Kerl hat irgendwas von Wahrheit gequatscht. *Ihre Wahrheit kenn ich!* Offensichtlich glaubt er, dass du irgendwann mal gelogen hast. Was kann das gewesen sein?«

Ballaufs Atem ging stoßweise. Mit einem Ausdruck völliger Ratlosigkeit schüttelte er immer wieder den Kopf.

»Freddy, ich weiß es nicht. Ich *weiß* es verdammt noch mal nicht!«

Er trat gegen den kleinen Tisch, und der Laptop des Telefontechnikers schlitterte über die Tischplatte.

Franziska griff geistesgegenwärtig zu und verhinderte, dass er zu Boden fiel.

»Max, bitte beruhig dich doch. Bitte!«, sagte sie.

»Ich bring die Drecksau um!«, schrie Ballauf. »Ich bring sie um!«

Nun wurde auch Freddy laut. »Ja! Und genau *da* will er dich hinhaben!«

Ballauf rang nach Luft und drehte sich in unbändiger Wut um sich selbst, als suche er den nächsten Gegenstand, an dem er seine verzweifelten Aggressionen ablassen konnte.

Freddy hielt ihn fest. »Max, du musst jetzt einen kühlen Kopf bewahren, okay?« Er schüttelte ihn energisch. »Okay, Max? Okay?«

Endlich zwang Ballauf sich zur Ruhe, atmete konzentriert und langsam aus und ein.

»Okay, okay«, sagte er leise.

Franziska sah Freddy dankbar an, aber der verzog skeptisch das Gesicht. Er war sich nicht sicher, ob Max sich endgültig im Griff hatte.

»Wenn es nach mir ginge, würde ich dich von dem Fall abziehen«, sagte er. »Ich glaub aber nicht, dass der Typ sich darauf einlässt.«

»Was sollte dieses Spiel mit dem Geld?«, fragte Franziska. »Warum das alles?«

»Schnitzeljagd«, antwortete Freddy und stützte sich wieder auf den Schreibtisch. »Der Mann spielt gerne. Er möchte uns zeigen, wie viel Macht er hat. Er bestimmt die Regeln, und uns bleibt nichts anderes übrig, als mitzuspielen.«

Ballauf verzog gequält das Gesicht. Mit beiden Händen rieb er sich den Nacken.

»Wer hat denn damals von euch beiden die Beziehung beendet?«, fragte Freddy.

»Was?« Ballauf sah ihn verständnislos an.

»Du oder Julia?«

Ballauf zuckte die Achseln. »Ich«, antwortete er.

»Und warum?«, insistierte Freddy.

»Ach, ich weiß es nicht.« Ballauf verzog erneut das Gesicht. Die Erinnerung schmerzte zu sehr, jetzt, wo Julia tot war. Durch meine Schuld, dachte er. »Das war mir alles zu nah, damals«, setzte er hinzu.

Freddy kratzte sich nachdenklich an der Schläfe. »Pass auf«, sagte er betont langsam. »Kann es jemanden geben, der Julia so sehr geliebt hat und dich dafür so sehr hasst, dass er seine Liebe dafür tötet? Gab es so jemanden?«

Wieder schüttelte Ballauf heftig den Kopf. »Nee … nee«, stieß er hervor. Dann brach es erneut aus ihm heraus. »Irgendwas müssen wir doch machen können, verdammt noch mal!«, brüllte er Freddy an.

Freddy blieb ruhig. Sie mussten es schaffen, Ballauf wieder unter Kontrolle zu bekommen.

»Das *können* wir doch auch!«, sagte er. »Täterprofil et cetera … Der Mann liebt Symbole. Die roten Lilien!« Er zeigte mit ausgestrecktem Arm auf die am Boden liegende Pinnwand. »Der kennt sich mit Giften aus. Die Frauen wurden weder gefoltert noch missbraucht. Das ist 'n intelligenter Gegner. Der Mann ist gebildet, nicht irgend so 'n Krimineller. So, damit lässt sich 'ne Menge anfangen …«

Franziska nickte zustimmend. Ballauf nickte zwar auch, aber in seinem Gesicht standen starke Zweifel.

»Und die andere Liste vom Labor steht noch aus«, dozierte Freddy weiter. »Ich wette, da besteht 'n Zusammenhang. Max, es dauert nicht mehr lange, dann meldet der sich wieder. Und so lange gehst du die Düsseldorfer Akten durch.«

Dieses Mal wirkte Ballaufs Kopfschütteln schicksalsergeben.

»Wenn der denkt, dass wir hier tatenlos herumsitzen, dann hat er sich geschnitten«, sagte Freddy.

***

Er schob die Uhrmacherlupe zurecht und griff nach dem Skalpell. Mit einer Pinzette brachte er das Passfoto in die richtige Position. Er hatte einige Mühe darauf verwendet, das Bild so zu bearbeiten, dass man ihm nicht auf den ersten Blick ansah, dass er es erst vor zwei Tagen in einer Fotokabine am Hauptbahnhof gemacht hatte. Es ärgerte ihn ein wenig, dass er bei seinen Vorbereitungen nicht daran gedacht hatte, auch Passfotos von sich zu machen, auf denen er die Perücke trug. Aber es würde auch so gehen.

Als das Foto exakt über dem alten auf dem Ausweisformular lag, drückte er es fest und wartete geduldig, bis der Kleber ausgehärtet war. Dann schnitt er mit dem Skalpell die winzigen überstehenden Ränder ab.

Der Stempel würde noch eine Menge Arbeit machen. Aber er hatte es nicht besonders eilig. Nachher würde er Melanie noch ein bisschen vorlesen. Heute vielleicht aus einem anderen Buch. Es würde sich etwas finden.

Sonst hatte er nichts mehr vor.

Heute nicht.

***

Ballauf klappte die Akte zu und legte sie auf den Stapel neben dem Sofa. Überall auf dem Boden türmten sich größere und kleinere Haufen verschiedenfarbiger Aktendeckel, sortiert nach »Erledigt« – ein vergleichsweise kleiner Stapel. »Verdächtig« – ebenfalls nicht sehr viele – und »Unverdächtig« – eine Anzahl unterschiedlich großer Haufen, die sich quer über das Zimmer verteilten.

Den größten Stapel bildete die Kategorie »Unerledigt«.

Ballauf nahm die nächste Akte von dem Stapel vor sich auf dem Wohnzimmertisch und sah zu Freddy, der ihm gegenübersaß. Er war nicht ganz sicher, ob er froh sein sollte, dass sein Kollege ihn unterstützte, oder ob er sich nicht doch lieber allein in seinem Selbstmitleid suhlen würde.

Freddy sah ihn nachdenklich an, den Kopf in die Hand gestützt; auf seinem Schoß lag eine mehrere hundert Seiten dicke Ermittlungsakte.

»Wir kriegen den Kerl, Max«, sagte er. »Irgendwann macht der 'nen Fehler. An die anderen Frauen kommt er nicht mehr dran. Die stehen unter Polizeischutz.«

»Oh Mann«, seufzte Ballauf. Er warf die Aktenmappe zurück auf den Tisch, ließ sich in das Polster des Sofas zurücksinken und sah zur Decke. »Oh Mann«, wiederholte er. »Scheiße … Weißt du, was mir klar geworden ist?«

Freddys Haltung änderte sich nicht. Nur seine Augenbrauen wanderten nach oben.

»Dass ich 'n ziemlich gestörtes Verhältnis zu Frauen hab«, sagte Ballauf. »Anscheinend bin ich total beziehungsunfähig …« Sein Blick löste sich von der Decke. Fragend sah er Freddy an. »Aber wovor hab ich Angst?«

»Vor Nähe?«, schlug Freddy vor. Sein Blick ruhte auf Ballauf, freundlich und interessiert.

Ballauf beneidete ihn um die Ausgeglichenheit, die er ausstrahlte.

»Kann sein«, sagte er. »*Was* will ich nicht sehen? Aus welchem Teil meiner Vergangenheit kommt dieser Kerl?«

»Tja, Max. Bohr da nach.«

Ballaufs Blick huschte jetzt ziellos durch den Raum, aber Freddys Augen lagen geduldig auf ihm. Er wartete, bis Ballauf weitersprach.

»Julia wollte damals 'n Kind von mir haben«, sagte er, zum Fenster blickend.

Freddy hob den Kopf. »Und das war so schlimm?«, fragte er.

»Ich weiß auch nicht, warum ich damals so panisch darauf reagiert hab. Wenn ich mir Anna angucke ... Ich könnte jetzt auch 'ne Tochter in dem Alter haben.«

Nun schlich sich doch ein kleiner Funken freundschaftlichen Spotts in Freddys Blick.

»Wahrscheinlich wär ich gar nicht mal der schlechteste Papa«, setzte Ballauf hinzu, und der Funken wurde ein wenig größer.

»Aber warum laufe ich vor jeder wirklichen Verantwortung weg?«

Mit einem tiefen Seufzer erhob er sich vom Sofa. Es war spät geworden.

Der spöttische Funken in Freddys Blick war wieder verschwunden. Er hätte die Frage seines Freundes gern beantwortet.

Wenn er gekonnt hätte.

Ballauf begann, die Aktenstapel so aus dem Weg zu räumen, dass beim Durchqueren des Wohnzimmers niemand darüber stolpern musste. Freddy wuchtete sich aus seinem Sessel und ging ihm dabei zur Hand. Als er einen der »Unverdächtig«-Aktendeckel aufhob, der neben seinen Stapel gerutscht war, glitt ein Foto heraus. Freddy klappte die graugrüne Mappe auf und schob das Bild wieder hinein. Es zeigte ein junges Mädchen, einen Teenager. Die langen dunklen Haare reichten ihr bis über die Schulter. Sie trug eine dunkle Stoffjacke und eine weiße Bluse, und darauf, unter der linken Brust, war ein großer Blutfleck.

Ballauf warf einen flüchtigen Blick auf die Akte.

»Die ist irrelevant«, sagte er.

In diesem Augenblick begann das Telefon in der Diele zu läuten.

Die beiden tauschten einen schnellen Blick und gingen eilig zum Telefon. Freddy streifte sich den Kopfhörer über und drückte die Aufnahmetaste des angeschlossenen Aufzeichnungsgerätes, dann nickte er Ballauf zu.

»Geh ran«, sagte er.

Ballauf straffte sich. Er nahm ab und meldete sich mit einem entschlossenen »Ja?«.

»Das war *Ihre* Schuld, Herr Ballauf.« Die Stimme sprach langsam und betont deutlich. »Verstehen Sie? *Ihre* Schuld! Julias Tod geht auf *Ihr* Konto.«

Die Leitung wurde unterbrochen. Zögernd legte Ballauf den Hörer wieder auf die Gabel. Freddy streifte die Kopfhörer ab. Er sah Ballauf an und zuckte die Achseln, aber der Apparat begann erneut zu läuten. Eilig setzte Freddy die Kopfhörer wieder auf und bedeutete Ballauf mit einer Geste, dranzugehen.

Erneut meldete Ballauf sich mit »Ja?«.

Dieses Mal klang die Stimme hämisch. »Das hatte ich ganz vergessen, sehen Sie mal unter Ihrer Fußmatte nach.« Es klickte in der Leitung.

Ballauf legte auf und ging zur Haustür. Er warf einen forschenden Blick in die Nacht, aber es war nichts zu entdecken außer dem Wagen mit den beiden Personenschützern, der gegenüber parkte. Er bückte sich und hob die Fußmatte hoch. Darunter lag einer der wattierten braunen Umschläge, die er mittlerweile besser kannte, als ihm lieb war. Er ging wieder ins Haus.

»Wie kommt der dahin?«, fragte Freddy, als er den Umschlag sah. »Ich denk, du hast Personenschutz? Das müssen die doch gesehen haben!«

»Die Männer sind doch auch nur hier, wenn wir im Haus sind«, antwortete Ballauf. »Der hat das irgendwann am Tag druntergelegt.«

Er riss den Umschlag auf und holte ein bizarr zugeschnittenes Stück Papier heraus. Eine Seite des Blattes franste in unterschiedlich langen, rechteckigen Streifen aus. Ballauf brauchte einen Moment, um zu erkennen, um was es sich handelte.

»Guck dir das mal an«, sagte er.

Freddy sah das Blatt verblüfft an. »Ein Kreuzworträtsel?«

»Ja, aber nur ‘n halbes.«

Freddy las mit gerunzelter Stirn die Fragen.

»Aha«, sagte er nach einigen Sekunden. »Das ist so was wie ›um die Ecke gedacht‹. Da muss man erst mal rausfinden, was mit den Fragen überhaupt gemeint ist. *›Bist du‹* … *›Schlafgemach und Haus‹* … Keine Ahnung, was das soll. Das sind nur Wortfetzen. Offensichtlich benötigen wir ‘n Lösungswort. Aber wozu?«

»Beatrice ist ganz gut in so was«, sagte Ballauf. »Die hat mal Rätsel für so 'n Magazin entworfen.«

Sie tauschten einen Blick, und Ballauf wurde klar, was das bedeutete, bevor Freddy es aussprach.

»Beatrice soll die Nächste sein.«

Ballauf nickte und biss sich auf die Lippen. Jetzt auch noch Beatrice, dachte er.

Freddy drückte auf die Abspieltaste des Aufzeichnungsgerätes.

»Das war *Ihre* Schuld, Herr Ballauf«, sagte die Stimme. »Verstehen Sie? *Ihre* Schuld. Das war *Ihre* Schuld, Herr Ballauf.«

Freddy sah das Gerät nachdenklich an. Er spulte die Aufzeichnung zurück und startete erneut.

»Das war *Ihre* Schuld, Herr Ballauf ...«

Ballauf drückte wütend die Stopptaste. »Kannste damit mal aufhören?«, bellte er.

Freddy sah ihn ernst an. »*Schuld*, Max ... Darum geht es, das ist der Schlüssel. Die Lilien: Unschuld. Der glaubt, du seist an irgendetwas schuld. Aber an was? Schuld und Wahrheit.«

»Ich wüsste nicht, was ich getan haben soll, das den Mord an zwei unschuldigen Menschen rechtfertigt!«, sagte Ballauf heftig.

»Natürlich nicht.« Freddy versuchte, ihn zu beschwichtigen. »Aber er schiebt *dir* die Schuld *zu*. Und rechtfertigt sich so vor sich selbst. Der will dich am Boden sehen, Max.«

Ballauf starrte zur Decke. Er wusste, dass Freddy recht hatte.

»Woran willst du dich nicht erinnern?«, fragte Freddy leise.

Ballauf schüttelte den Kopf. »Ich weiß es nicht. Ich denk doch schon die ganze Zeit nach.«

Plötzlich sog er scharf Luft ein, als ein stechender Schmerz seinen Kiefer durchfuhr. Ein Schmerz, den er seit Stunden verdrängt hatte. Mit verzerrtem Gesicht griff er nach dem Fläschchen Nelkenöl auf der Anrichte. Er öffnete es, träufelte Öl auf seinen Finger und bestrich die entzündete Stelle in seinem Mund.

»Was macht dein Zahn?«, fragte Freddy mitleidig.

Ballauf winkte ab. »Ich hab morgen den Termin.« Er atmete tief durch. »So, ich kopier das jetzt, und dann fahr ich für 'ne Stunde zu Beatrice ins Krankenhaus. Passt du so lange hier auf?«

Freddy brummte zustimmend, und Ballauf streifte seine Jacke über.

***

»›Flammen wie getrunken‹«. Auf Beatrices Stirn stand eine steile Falte. »›Schlafgemach und Haus‹«, las sie weiter. Sie warf mit einer Kopfbewegung ihr Haar über die Schulter und sah Ballauf neugierig an.

»Das ist kein normales Kreuzworträtsel«, sagte sie. »Eher ein ... Rätsel. Gib mir 'n bisschen Zeit. Außerdem wäre es nicht schlecht, Internetzugang zu haben.«

Ballauf nickte zustimmend. »Ich sag Franziska Bescheid. Gleich morgen früh. Die wird sich drum kümmern. Sie ist großartig, wenn's um Organisieren geht«, sagte er. »Und sonst natürlich auch.« Er versuchte ein Lachen, aber es klang sogar in seinen Ohren bemüht.

Beatrice kniff die Augen ein wenig zusammen und sah ihn aufmerksam an. »Du siehst echt fertig aus, Max.«

Ballauf tat erstaunt – so als könne er sich keinen Grund dafür denken, warum er angeblich so aussah.

»Willst du mir nicht mal sagen, was los ist?«, fragte Beatrice. »Und wieso sitzt den ganzen Tag ein Polizist vor meiner Tür?«

Ballauf versuchte einen Gesichtsausdruck hinzubekommen, als wäre es das Normalste der Welt, dass seine Cousine unter Polizeischutz stand, aber er ahnte, dass ihm das nicht wirklich gelang.

»Ich will nicht, dass du dir unnötig Sorgen machst«, sagte er. »Du hast doch schon genug mit dir selber zu tun.«

Doch so leicht war Beatrice nicht hinters Licht zu führen, und das wusste er auch.

»Du kommst doch nicht zu mir, damit ich ein Rätsel löse«, sagte sie.

»Das hat was mit 'nem *Fall* zu tun«, erklärte er betont geheimnisvoll. »Und je weniger du davon weißt, desto besser ist es.«

»Warum?«, fragte sie, und ihre Augen verengten sich zu Schlitzen. »Muss ich mir Sorgen um Anna machen?«

Ballauf sah sie an, als rede sie vollkommenen Blödsinn.

»Muss ich?«, insistierte sie.

»Nein!«, antwortete Ballauf, eine Spur zu schnell, wie es ihm selbst vorkam. »Ich hab sie auch nicht alleine gelassen«, setzte er betont ruhig hinzu. »Mein Kollege Freddy, der kümmert sich gerade um sie.«

»Und um *dich*?«, fragte Beatrice.

Er schüttelte verblüfft den Kopf, eine Antwort fiel ihm darauf nicht ein.

»Kommt ihr eigentlich klar miteinander?«, fragte Beatrice. »Ich meine: Anna und du?«

Das sanfte Lächeln, das sich nun in seine Augenwinkel schlich, war echt. »Glaub schon«, antwortete er.

»Das hab ich mir gedacht«, sagte Beatrice leise. Auch sie lächelte. Für einen Moment schien sie ihre Krankheit zu vergessen. »Du kannst dir gar nicht vorstellen, wie sehr ich es vermisse, morgens aufzuwachen und Anna neben mir liegen zu haben …«

Dann kehrten ihre Gedanken wieder zurück ins Hier und Jetzt. Ballauf erschien es, als wachten sie gemeinsam plötzlich auf und fänden sich völlig unerwartet in diesem Krankenzimmer wieder.

Ihn fröstelte. »Gibt's denn schon Neuigkeiten?«, fragte er.

Sie sah gedankenverloren zu Boden. »Die machen den ganzen Tag Tausende von Tests und schieben mich durch die Gegend wie 'ne alte Oma im Rollstuhl.«

Ballauf sah, wie Beatrice sich zusammenriss. Sie zwang sich zu einem Scherz. »Wir können uns ja zwei Rollstühle besorgen und ein Wettrennen durch die Flure machen, hm?«, sagte sie.

Ballauf lachte.

FÜNF

Franziska saß an ihrem Schreibtisch. Vor ihr lag eine Kopie des Rätselfragments. Ballauf und Freddy hatten ihre Stühle ebenfalls herangeschoben und Franziska in ihre Mitte genommen. Die Luft im Büro war zum Schneiden dick, aber keiner der drei bemerkte es. Franziska fuhr suchend mit einem Bleistift die Zeilen entlang.

»›Sie sannen auf machtvolle Liebkosungen‹«, las sie nachdenklich.

Freddy zeigte auf eine andere Zeile. »Was ist mit der da?«

Franziska platzte der Kragen. »Jungs, wenn ihr hier neben mir hockt wie die Geier, kann ich mich nicht konzentrieren!« Die beiden sahen sich erstaunt an und rückten ein wenig zur Seite.

»Wir brauchen die zweite Hälfte«, sagte Franziska frustriert.

»Apropos zweite Hälfte«, sagte Freddy. »Was ist mit der anderen Liste vom Labor?«

»Die tun, was sie können, in Luxemburg.«

»Na, hoffentlich reicht das«, maulte Ballauf.

»Was ist denn mit den aktuellen Mitarbeitern?«, fragte Freddy. »Gibt's da schon Ergebnisse?«

»Die Kollegen sind dran«, antwortete Franziska. »Sie überprüfen zuerst alle männlichen Angestellten, und mit denen sind sie fast durch. Bis jetzt hatten alle Alibis für mindestens einen der fraglichen Zeitpunkte, also die mutmaßliche Tatzeit und die Telefonate.«

»Und wie wasserdicht sind die?«, fragte Ballauf.

»Wir checken alles gegen«, sagte Franziska. »Aber du weißt doch, dass so was dauert.«

»Es dauert viel zu *lange*«, sagte Ballauf heftig.

»Hey«, sagte Freddy beruhigend. »Die Kollegen tun, was möglich ist. Mehr geht nicht.«

Ballauf nickte widerwillig.

Franziska wandte sich wieder dem Kreuzworträtsel zu. »›Liebkosung‹ …«, las sie, und ihr Bleistift fuhr ungeduldig über die leeren Kästchen, als könne sie es nicht erwarten, die Lösung einzutragen.

Ballaufs Handy klingelte. Er meldete sich und lauschte einen Moment, dann stöhnte er auf.

»Ey, das kannste jetzt nicht machen«, sagte er scharf, aber sein Gesprächspartner sah das wohl anders. »Ja … toll … klasse«, sagte Ballauf sauer und klappte das Handy zu. Er sah aus, als würde er es am liebsten in die Ecke werfen.

»Was ist denn los?«, fragte Freddy.

Ballauf fluchte. »Ach, der Kollege, der Anna von der Kita abholen sollte, der hat auf einmal keine Zeit. Ich kann meinen Zahnarzttermin aber nicht schon *wieder* verschieben.«

Freddy machte eine beruhigende Geste und lächelte ihn an.

»Geh du mal zum Zahnarzt. Ich hol die Kleine ab«, sagte er.

Ballaufs Gesicht strahlte in echter Dankbarkeit. Er reckte Freddy den gehobenen Daumen entgegen.

»Danke«, sagte er.

***

Er sah auf seine Armbanduhr; sie zeigte kurz vor zwei. Ein wenig nervös tastete er nach dem Polizeidienstausweis in der Innentasche seiner Lammfelljacke. Der Stempel hatte ihm mehr Schwierigkeiten bereitet, als er erwartet hatte, aber er hoffte, die Fälschung war gut genug.

Sorgsam zupfte er die braune Glatthaarperücke zurecht, dann stieg er die Stufen zum Eingang der Kindertagesstätte hoch. Er atmete noch einmal tief ein, dann drückte er den Klingelknopf.

Es dauerte ein wenig, bis eine Erzieherin der Einrichtung die Tür öffnete. Sie sah ihn fragend an. Er lächelte freundlich.

»Tag, mein Name ist Krause«, sagte er und präsentierte ihr den Dienstausweis.

Sie kniff skeptisch die Augen zusammen. »Tag«, sagte sie. Es klang wie eine Frage.

»Ich bin der Kollege von Herrn Ballauf«, sagte er. »Herr Ballauf hat mich gebeten, Anna abzuholen.«

Die Erzieherin sah ihn irritiert an.

»Hm, tja. Eigentlich sollte erst um siebzehn Uhr jemand kommen«, sagte sie, und in ihrem Gesicht arbeitete es. Hilfesuchend wandte sie den Kopf und sah zur Tür, aber es war keine Kollegin in Sicht, die ihr die Entscheidung hätte abnehmen können.

»Ich weiß«, sagte er unverändert freundlich und verständnisvoll. »Aber der Kollege ist krank geworden. Und deshalb hat er mich gebeten, und ich konnte nur jetzt. Ich kann aber gerne Herrn Ballauf anrufen, und Sie können mit ihm sprechen.« Er zückte sein Handy, klappte es auf und begann eine Nummer zu tippen.

Die Frau sah ihm ein paar Augenblicke lang zu, dann winkte sie ergeben ab.

»Ach, nee. Lassen Sie mal«, sagte sie. »Ist ja schon gut. Ich hab ja Ihren Ausweis gesehen. Ich hol mal Anna.« Sie verschwand im Inneren der Kindertagesstätte.

Er blieb angespannt. Aufmerksam beobachtete er die Straße. Auf keinen Fall wollte er einem Kollegen von Ballauf in die Arme laufen, falls der tatsächlich früher käme. Endlich kam die Erzieherin mit Anna heraus. Das Mädchen sah ihn unwillig an.

»Anna, das ist Herr Krause«, sagte die Frau. »Er ist auch ein Kollege von Herrn Ballauf. Der bringt dich heute nach Hause.« Sie wickelte Anna den grün gestreiften Schal um den Hals.

»Guten Tag«, sagte er lächelnd und streckte ihr die Hand entgegen.

Anna sah zu Boden. Er ließ die Hand sinken.

»Na, willst du nicht ›Guten Tag‹ sagen?«, forderte die Erzieherin sie auf.

»Tag«, sagte Anna. Leicht widerwillig hob sie die Hand.

Er ergriff sie und schüttelte sie behutsam. Sein Blick fiel auf die halbhohen Schnürstiefel, in denen Annas Beine steckten. Ein Schnürsenkel war nur locker geschnürt.

»Warte mal«, sagte er und kniete sich vor sie hin. »Damit du mir nicht hinfällst.« Sorgfältig zurrte er die Schleife fest.

»Ich kann schon selber die Schuhe zubinden«, sagte Anna.

»Wirklich?« Er sah sie erstaunt lächelnd an. Dann stand er auf und hielt ihr die linke Hand hin. »Komm«, sagte er auffordernd.

Anna ergriff seine Hand und ging mit ihm die Treppe hinunter.

»Tschüss!«, rief die Frau ihnen nach.
»Tschüss!«, antworteten die beiden.
Es war immer noch Skepsis im Blick der Erzieherin, doch dann schüttelte sie entschieden den Kopf. Sie ging ins Haus und schloss die Tür hinter sich.

***

Wie Großvater und Enkelin spazierten sie Hand in Hand durch den von einer dünnen Schneedecke überzuckerten Volksgarten. Anna pustete spielerisch ihren dampfenden Atem in die Luft.
Nach einer Weile blieb er stehen, beugte sich zu dem Mädchen hinunter und sah demonstrativ auf seine Armbanduhr.
»Eigentlich haben wir noch genug Zeit, etwas Schönes zu unternehmen«, sagte er. »Worauf hättest du denn Lust?«
Annas Blick wurde traurig. »Ich möchte zu meiner Mama«, sagte sie leise.
Mit einem bedauernden Lächeln wiegte er den Kopf. »Oh«, sagte er. »Das geht jetzt leider nicht, Anna.«
Ihre Augen füllten sich mit Tränen.
»Bald, ja?«, sagte er. Dann, mit einem Lachen, als hätte er gerade eine geniale Idee gehabt: »Wir gehen in den Zoo. Ich hab 'nen guten Freund da, den großen Elefanten.«
Anna schüttelte so entschieden den Kopf, dass ihre Zöpfe durch die Luft flogen.
»Glaub ich nicht«, sagte sie.
Er richtete sie auf und reichte ihr seine linke Hand. »Also los«, sagte er. »Du wirst schon sehen!«
Gehorsam trottete sie neben ihm her zur Straßen-

bahnhaltestelle am Eifelplatz. Dort stiegen sie in die 12. Obwohl er immer wieder versuchte, sie aufzumuntern, blieb Anna während der Fahrt schweigsam, und irgendwann gab er es auf. Im Grunde war ihm ihr Schweigen ganz recht.

Sie stiegen am Ebertplatz um in die 18, ohne dass irgendjemand Notiz von ihnen genommen hätte, wie er zufrieden registrierte. Der Zoo war schwach besucht, kein Wunder angesichts des Wetters. Feuchter Schnee trieb über Wege und Gehege.

»Ich glaube nicht, dass der Elefant dein Freund ist«, sagte Anna.

»Warte ab, du wirst es sehen«, antwortete er.

»Wo sind denn die Elefanten?«, fragte Anna.

Er wies in Richtung Elefantenhaus. »Dort drüben.«

Den Fotografen, der jeden Besucher ablichtete und der auch von ihm und Anna gerade ein Foto geschossen hatte, bemerkte er nicht, ebenso wenig wie die hölzerne Wand, an der die Porträts sämtlicher Besucher dieses Tages ausgestellt wurden.

»Siehste, ich hab nicht gelogen«, sagte er, als sie aus dem Elefantenhaus kamen. »Der Elefant hat gelacht, als er mich gesehen hat.«

»Hat er gar nicht«, antwortete Anna trocken.

»Nicht? Na gut.« Er lächelte.

»Krieg ich ein Eis?« Anna sah ihn mit gesenktem Kopf von unten an. Sie wusste, dass kaum ein Erwachsener diesem Blick widerstehen konnte.

»Bisschen kalt für 'n Eis«, sagte er zweifelnd.

»Nein«, antwortete Anna entschieden, und er gab nach. Am einzigen geöffneten Kiosk kaufte er ihr das größte Eis im Angebot.

Anna war mittlerweile zum Becken der Seelöwen gelaufen, Schneeflocken hingen in ihrem dunklen Haar. Wieso hat man ihr bei dem Wetter keine Mütze mitgegeben?, dachte er, als er ihr das Eis überreichte.

Sofort begann sie zu schlecken.

»Schmeckt's?«, fragte er.

»Ja.« Sie füllte den Plastiklöffel mit einem Klumpen Vanille- und Erdbeereis und hielt ihn einladend hoch. »Probier mal.«

Er beugte sich herab und nahm das Eis mit dem Mund vom Löffel. Verzückt verzog er das Gesicht.

»Lecker!«, sagte er.

Anna sah ihn forschend an, während sie weiter Eis löffelte.

»Hast du auch Kinder?«, fragte sie nach einer Weile.

Er richtete sich abrupt auf und sah in Richtung der Seelöwen. Auf diese Frage war er nicht vorbereitet. Warum hatte sie nicht einfach weiter geschwiegen, so wie auf der Fahrt in der Bahn?

»Ja, ich hatte eine … Tochter«, sagte er schließlich. Er räusperte sich und versuchte, seine Gesichtszüge unter Kontrolle zu halten.

Anna sah ihn besorgt an. Eine dicke Flocke landete in ihrem Haar und weigerte sich zu schmelzen. »Warum bist du denn so traurig?«, fragte sie. »Was ist mit deiner Tochter?«

Er starrte weiter die Seelöwen an, die in den kalten Fluten ihres Beckens elegant miteinander zu tanzen schienen.

»Sie ist gestorben«, sagte er endlich.

»Das tut mir aber leid«, sagte Anna. »Sie war bestimmt nett … Wie hieß sie denn?«

»Melanie«, hörte er sich sagen. Ja, dachte er, sie war sogar viel mehr als nett. Er zwang sich, das Kind anzusehen. Als er in ihre besorgten Augen sah, gelang ihm endlich ein Lächeln.

»Ja«, sagte er fest und beugte sich wieder zu Anna hinab. »Sie war genauso nett und genauso hübsch wie du …«

»Warum ist sie denn gestorben?«, fragte Anna.

Der Mann rang sich ein Lächeln ab. »Sie …« Er brach ab.

Anna senkte den Kopf und glaubte zu verstehen, was er sagte. »Meine Mama ist auch krank«, sagte sie und zog die Nase hoch.

Er sah sie an. Er hätte ihr gern über die Wange gestreichelt, aber das erschien ihm nicht richtig.

»Max sagt, sie hätte nichts. Aber das glaub ich nicht«, sagte Anna, ohne ihn anzusehen.

»Du musst nur ganz fest daran glauben, dass sie gesund ist«, sagte er. »Dann kann ihr nichts passieren.«

Anna hob den Blick. Die großen, dunklen Augen schienen ein Loch in sein Hirn und seine Erinnerung zu bohren. Mühsam riss er sich zusammen.

»Wirklich?«, fragte sie.

»Ganz ehrlich«, antwortete er. »Mach mal die Augen zu und denk ganz, ganz fest an deine Mama.«

Anna kniff die Augen zu. »So?«

»Ja«, sagte er erleichtert.

***

»Nett von dir, Anna abzuholen«, sagte Franziska. »Noch einen Tag Max mit Zahnschmerzen hätt ich nicht ertragen.«

»Meinst du, mir ging's anders?« Freddy grinste sie an. »Was glaubst du, warum ich das mache?« Er nahm seinen Mantel vom Garderobenständer und verließ das Büro.

Als er am Eifelwall aus dem Wagen stieg, hatte das Schneetreiben aufgehört, und der Sonne gelang es, ein paar letzte blassgoldene Strahlen durch die graue Schicht der Winterwolken zu senden, bevor sie für heute unterging.

Freddy grüßte freundlich eine Mutter, die ihm mit ihrer kleinen Tochter entgegenkam.

So lange sie noch so klein sind ..., dachte Freddy und lächelte in sich hinein. Gut gelaunt präsentierte er seinen Dienstausweis, als eine Erzieherin ihm die Tür der Kita öffnete.

»Schenk«, stellte er sich vor. »Mein Freund Max Ballauf schickt mich. Ich soll Anna abholen.«

»Wie?« Die Erzieherin sah ihn ungläubig an. »Ihr Kollege war doch vorhin schon hier und hat Anna abgeholt?«

»*Was?*«, entfuhr es Freddy, und seine gute Laune verschwand blitzartig. »Wann?«, fragte er nur.

»So gegen vierzehn Uhr«, antwortete die Frau.

Freddy spurtete die Treppe hinunter in Richtung Wagen. Noch im Laufen zog er das Handy aus der Tasche und wählte Ballaufs Nummer.

***

Der grelle Schein der Lampe, die die Assistentin auf Geheiß des Zahnarztes heranschwang, blendete Ballauf schmerzhaft, aber er konnte nicht protestieren. Sein Mund wurde gerade von Absauger und Zahnarztspiegel gefoltert. Aus dem Augenwinkel sah er besorgt, wie eine zweite Assistentin eine ihm riesenhaft vorkommende Spritze auf einem Chromtablett hereintrug.

Der Zahnarzt griff nach der Spritze – in seiner Hand wirkte sie noch größer – und sagte, was er immer sagte, wenn Ballauf da war: »Bei *der* Karies brauchen Sie sich über Ihre Schmerzen nicht zu wundern, Herr Ballauf.« Und er setzte hinzu, was er immer hinzusetzte: »Wenn Sie öfters kommen würden, wär so was nicht nötig.«

Ballaufs Gefühle schwankten zwischen Ärger und Erleichterung, als exakt in dem Moment, in dem der Zahnarzt die Spritze ansetzen wollte, das Handy in seiner Hosentasche zu läuten begann. Sofort hob er beide Hände, schob mit der rechten den konsternierten Zahnarzt zurück, mit der anderen nahm er den Sauger aus dem Mund.

»Es tut mir … ist dienstlich«, nuschelte er und klappte das Handy auf. Das Display zeigte Freddys Nummer. »Sag mal, was ist denn los?«, maulte er. »Ich bin hier gerade mitten in der Behandlung …« Er verstummte, als er hörte, was Freddy zu sagen hatte. Augenblicklich kletterte er aus dem Stuhl.

»Tut mir leid. Das ist ‘n Notfall«, sagte er, riss sich hektisch den Papierlatz vom Hals und sprang aus dem Stuhl.

»Herr Ballauf, mit dem Zahn können Sie nicht weiter so rumrennen!«, rief der Arzt ihm nach, aber er war schon aus der Tür. Der Zahnarzt zuckte die Achseln. »Keine Bange«, sagte er zu der besorgt blickenden Assistentin. »*Der* kommt wieder.«

***

Wie ein Tiger im Käfig lief Ballauf vor seinem Schreibtisch auf und ab.

Freddy bemühte sich, ihm nicht dabei zuzusehen; Franziska stand vor der Pinnwand und studierte zum hundertsten Mal die Fotos und Zeichnungen.

»Willst du Beatrice Bescheid sagen?«, fragte Freddy.

Franziska fuhr herum. »Wozu denn?«, fragte sie scharf. »Wollt ihr *sie* jetzt auch noch verrückt machen?«

»Haste auch wieder recht«, sagte Freddy kleinlaut.

Ballauf, der seinen Marsch kurz unterbrochen hatte, nahm ihn wieder auf.

»Irgendwas müssen wir doch tun können!«, sagte er lauter als notwendig.

»Die Beschreibung des Täters und Annas Foto sind an alle raus«, sagte Franziska betont ruhig. »Mehr geht im Moment nicht, Max.«

Ballauf schnaufte nur. Freddy und Franziska tauschten einen Blick.

»Vielleicht wartest du besser in Beatrices Wohnung«, sagte Freddy endlich. »Ich halt hier so lange die Stellung.«

»Gute Idee«, sagte Franziska und nickte Ballauf zu.

Ballauf sah die beiden an. Sie wollten ihn loswerden, weil er alle mit seiner Unruhe nur noch verrückter machte. Er konnte das nachvollziehen.

Mit einem gequälten Lächeln nahm er seine Lederjacke und verließ das Büro.

***

Beatrice schüttelte ärgerlich den Kopf. Dann atmete sie energisch ein und tippte den Namen einer anderen Suchmaschine in die Tastatur des Laptops, den sie vor sich auf der Bettdecke stehen hatte. Eigentlich hatte der Pfleger ihr nur eine halbe Stunde am Stück gestattet, aber dass sie das Rätsel nicht lösen konnte, fuchste sie. Sie griff zum Telefon und rief in Ballaufs Büro an.

»Ist die andere Hälfte des Kreuzworträtsels schon aufgetaucht?«, fragte sie, nachdem Franziska sich gemeldet hatte.

»Nee, leider noch nicht …« Franziska schaffte es tatsächlich, sich ihre Sorge um Anna nicht anmerken zu lassen. Sie war froh, dass Beatrice durch ihre Denkaufgabe abgelenkt war. »Ohne die zweite Hälfte lässt es sich nicht lösen, oder?«, fragte sie.

Beatrice schien schon wieder in Gedanken abgetaucht. »Hm«, brummte sie nur. »Sagen Sie mir Bescheid, sobald Sie die andere Hälfte bekommen.«

»Klar«, antwortete Franziska, »mach ich. Ich meld mich. Bis dann, tschüss.«

Erleichtert stellte sie fest, dass Beatrice schon aufgelegt hatte.

***

Anna ging langsam den Bürgersteig entlang. Sie fühlte sich so seltsam. Ein bisschen schummrig, aber irgendwie war das auch ganz schön. Die Limo hatte komisch geschmeckt, die Herr Krause ihr gegeben hatte – oder Martin, wie sie ihn nennen sollte.

»Immer geradeaus«, hatte Martin gesagt, »da geht's nach Hause. Du bist doch schon ein großes Mädchen«, hatte er gesagt. »Das kurze Stück kannst du auch alleine gehen.« Sie presste den Stoffelefanten an sich. »Weil mein

Freund nicht gelacht hat«, hatte Martin gesagt und ihr den größten gekauft, den sie in dem Laden im Zoo hatten finden können. In der anderen Hand hielt sie die Geschenke für Max. »Nicht verlieren«, hatte Martin gesagt.

Anna ging weiter geradeaus, obwohl sie die Straße, die sie entlanglief, überhaupt nicht kannte. Hier war sie noch nie gewesen. Aber sie ging immer weiter und weiter.

***

»Ey, wart mal, Gaby!« Der Streifenbeamte auf dem Beifahrersitz hob die Hand, und seine Kollegin am Steuer ging vom Gas.

»Was ist denn?«, fragte sie.

»Das Mädchen da. Kommt mir irgendwie komisch vor. Sie wirkt so verloren.«

»Wo will sie denn hin? Zum Friedhof?«, fragte die Beamtin.

»Wieso Friedhof?« Der Kollege sah sie verwundert an.

»Na, wegen der Blume«, sagte sie. Sie steuerte den Streifenwagen an den Straßenrand und schaltete die Warnblinkanlage ein. Sie stiegen aus und gingen auf das Mädchen zu, das gerade vor ihnen den Zebrastreifen überquert hatte.

»Hallo«, sagte der Beamte freundlich. »Was machst du denn hier so ganz allein?«

Das Mädchen sah sie mit großen leeren Augen an. Es wirkte ein bisschen benommen. In der einen Hand trug es eine Lilie und einen wattierten braunen Umschlag, mit dem anderen Arm umklammerte es einen großen, grinsenden Stoffelefanten.

»Ich bin müde«, sagte sie.

»Sag mal, Gaby …« Der Streifenbeamte runzelte die Stirn. »Fünf Jahre alt, dunkle glatte Haare mit Zöpfen …«

»… grün gestreifter Schal, bunt geringelte Strumpfhose«, ergänzte die Kollegin. »*Du* bist vielleicht ein Schnellmerker.«

Sie reichte Anna die Hand, die das Kind dankbar ergriff. Dann stiegen sie in den Streifenwagen.

***

Als Freddy an der Tür klingelte, konnten Anna und er im Inneren des Hauses schnelle Schritte hören. Freddy musste lächeln, als Ballauf die Haustür aufriss und seine kleine Nichte an sich zog.

»Mann, Mann, Mann, Anna«, seufzte Ballauf. »Du hast uns ja ganz schön auf Trab gehalten, Mäuschen.«

Auch an Freddy war die Anspannung der letzten Stunden nicht spurlos vorübergegangen. »Ich glaub, ich könnt jetzt was Hochprozentiges vertragen«, sagte er.

Ballauf konnte Anna noch nicht loslassen. »Ich geb dir gleich was«, sagte er über ihre Schulter hinweg. Freddy nickte ihm dankbar zu.

Anna befreite sich aus Ballaufs Umarmung und präsentierte ihm ihren Stoffelefanten. »Schau mal, den hab ich von deinem Freund bekommen«, sagte sie.

»Aha.« Ballauf richtete sich auf und blickte das Stofftier misstrauisch an.

»Und das ist für dich.« Anna überreichte ihm zuerst die Lilie, dann den braunen Umschlag. Ballauf sah beides missvergnügt an.

»Martin ist sehr nett«, sagte Anna, ohne den Blick von dem Elefanten zu wenden.

»Martin?« Ballauf tauschte einen alarmierten Blick mit Freddy. »Welcher Martin denn?«

»Dein Freund.« Anna sah ihn verwundert an. »Wir waren im Zoo und haben *seinen* Freund getroffen.«

Ballauf spürte, wie sich seine Nackenhaare aufrichteten. »Welchen Freund?«, fragte er.

»Den großen Elefanten«, antwortete Anna, und Ballaufs Schultern sackten erleichtert nach unten.

»Aber er hat gar nicht gelacht«, fuhr Anna fort. »Da hab ich den hier bekommen.«

Auch Freddy konnte sich ein erleichtertes Lächeln nicht verkneifen.

»Ich bin müde«, sagte Anna und blickte zu Boden.

»Anna?« Ballauf sah sie ernst an. »Gibst du mir bitte den Elefanten?«

»Den hab ich *geschenkt* bekommen«, sagte sie trotzig.

»Gibst du ihn mir bitte?«, insistierte Ballauf und streckte fordernd die Hand aus. Aber Anna umklammerte das Stofftier mit beiden Armen.

»Nein«, sagte sie entschieden und drehte sich weg. »Martin ist viel netter als du«, setzte sie leise hinzu.

Ballauf erstarrte. Freddy sah ihn ernst an. Er konnte sich vorstellen, was Max jetzt fühlte, aber das Beharren auf dem Stofftier war zu diesem Zeitpunkt einfach keine gute Idee.

»Ich möchte zu meiner Mama«, jammerte Anna leise, ohne jemanden anzusehen.

Mit einer Kopfbewegung zu Ballauf deutete Freddy an, dass er ab hier übernehmen würde.

»Sag mal, Anna. Soll ich dich ins Bett bringen?«, fragte er sanft.

»Nur mit dem Elefanten«, war die entschiedene Antwort.

»Na klar nehmen wir den Elefanten mit.« Freddy reichte ihr die Hand, die sie ergriff. Er nickte Ballauf zu: *So geht das, du Ersatzpapa*, sollte das heißen. »Komm, los«, sagte er zu Anna.

Sie stiegen die Treppe hinauf. Freddy sah zu Ballauf hinunter, der ihnen den Rücken zuwandte. Er tat ihm leid.

Und er konnte jetzt wirklich was Hochprozentiges brauchen.

Anna war eingeschlafen, nur Sekunden nachdem Freddy sie zugedeckt hatte. Den Elefanten hatte sie dabei fest im Arm gehalten. Freddy schaltete das Licht aus und ging aus dem Zimmer, die Tür ließ er halb offen.

Als er die Treppe hinunterging, sah er Ballauf im Wohnzimmer stehen. Er hielt ein Blatt in der Hand, der aufgerissene Umschlag lag auf dem Boden.

»Und? Was steht drauf?«, fragte Freddy.

Ballauf reichte ihm das Blatt und zeigte ihm stumm, was noch in dem Umschlag gewesen war: die andere Hälfte des Rätsels.

Freddy nahm das Blatt und las: *»Heute nicht, aber vielleicht das nächste Mal. Das nächste Spiel läuft übrigens schon. Und worum wir spielen, ist dem Rätsel zu entnehmen.«*

Er sah Ballauf an. »Gibt's hier 'n Faxgerät?«, fragte er.

»Ja«, sagte Ballauf nur und ging zu dem großen, modernen Wohnzimmerschrank aus edlem dunklem Tropenholz.

»Dann schick das Rätsel an Franziska. Die sollen das im Präsidium dechiffrieren«, sagte Freddy.

»Ist längst passiert«, antwortete Ballauf. Er öffnete

den Schrank, in dem sich eine ansehnliche Batterie verschiedenster Alkoholika verbarg, und schenkte Freddy ein Glas Whisky ein.

»Eis hab ich keins«, sagte Ballauf und reichte Freddy das Glas.

»Geht auch so«, sagte Freddy. Er nippte an dem Whisky und zog anerkennend die Brauen hoch. »Du trinkst keinen?«, fragte er.

Ballauf winkte ab. Freddy nahm einen großen Schluck aus dem Glas und genoss das wärmende Gefühl, das sich in seinem Inneren ausbreitete.

»Ich glaube, ich sollte Beatrice erzählen, was mit Anna passiert ist«, sagte Ballauf.

»Das würde ich mir echt überlegen«, antwortete Freddy. »Das kannst du später immer noch erzählen. Ruf lieber Franziska an und gib Entwarnung.«

»Haste auch recht«, sagte Ballauf. Er wühlte sein Handy aus der Hosentasche und wählte Franziskas Nummer.

»Ist sie wieder da?«, war Franziskas erste Frage, nachdem er sich gemeldet hatte.

»Ja, sie ist wieder da«, antwortete Ballauf.

»Gott sei Dank«, sagte Franziska erleichtert.

»Sag mal, ist die zweite Hälfte von dem Rätsel angekommen?«, fragte Ballauf.

»Ja, ich füttere schon die Suchmaschine. Beatrice und der Dechiffrierungsabteilung hab ich Kopien geschickt.«

»Gut, dann sag bitte sofort Bescheid, wenn ihr irgendwas rausgefunden habt«, sagte Ballauf.

»Na klar. Mach ich.«

»Okay. Ciao.« Er klappte das Handy zu. »Wen hat er sich diesmal ausgeguckt?«, fragte er dann eher sich selbst als Freddy. »Die stehen doch angeblich alle unter Polizeischutz«, fügte er hinzu.

Freddy griff nach seinem Mantel, den er über die Sessellehne gelegt hatte. »Ihr bekommt ab sofort doppelten Personenschutz«, sagte er und zog den Mantel über.

»Was ist denn los?«, fragte Ballauf. »Wo willst du hin?«

Freddy war schon auf dem Weg zur Tür. »In den Zoo«, antwortete er. »Mir ist nämlich grad was eingefallen.«

***

Der junge Fotograf bereitete seinen Feierabend vor. Er trug eine dicke Weste über einem Shetlandpullover und Handschuhe, die die Fingerspitzen frei ließen, und war gerade dabei, die letzten übrig gebliebenen Fotos von der Präsentationswand zu nehmen, als Freddy leicht außer Atem bei seinem Stand ankam. Er zeigte dem Fotografen seinen Dienstausweis, aber der schüttelte bedauernd den Kopf, nachdem er sein Anliegen vorgetragen hatte.

»Tut mir leid«, sagte der Fotograf. »Wir werfen die Fotos gleich wieder weg, wenn die Besucher sie nicht kaufen.«

»Und woher wissen Sie, dass die Besucher schon raus sind?«, fragte Freddy skeptisch.

Der Fotograf lächelte. »Da kriegt man ‘nen Blick für im Lauf der Zeit. Sie kommen ja alle zweimal hier vorbei, beim Reinkommen und beim Rausgehen. Wenn nicht so viel los ist, so wie heute, erkennt man sie beim Rausgehen manchmal sogar wieder. Und wenn sie das Foto nicht kaufen, nehm ich's runter, damit die Wand nicht zu voll wird. Die Leute sollen sich ja möglichst leicht wiederfinden können.«

»Und was machen Sie mit den Fotos?«, fragte Freddy.

Der junge Mann zuckte die Achseln. »Wegschmeißen. Was sonst?«

»Und wo bewahren Sie den Müll auf?«, fragte Freddy.

»Gleich hier hinten«, sagte der Fotograf. »Aber machen Sie sich nicht zu viel Hoffnung ...«

Er führte Freddy um den gelb-grau verklinkerten Kiosk herum, vor dem sein Stand aufgebaut war, und öffnete eine graue Stahltür zu einem kleinen, unverputzten Lagerraum. Darin standen ein kleiner Aktenwolf und drei große, durchsichtige Plastiksäcke, alle prall gefüllt mit feinen Streifen aus Fotopapier.

»Tja, tut mit leid«, sagte der Fotograf. »Die werden alle sofort geschreddert.«

Freddy unterdrückte einen Fluch. »Was ist mit den Negativen?«, fragte er.

Der Fotograf lächelte ihn mitleidig an. »Ist doch alles digital heutzutage«, sagte er.

»Und die Bilder löschen Sie gleich alle wieder?«, fragte Freddy.

»Ja«, antwortete der Fotograf knapp.

Freddy betrachtete missmutig die Papierstreifen in den Plastiksäcken.

»Wie viele Leute haben Sie denn heute so fotografiert?«, fragte er.

»Ach, so etwa hundertfünfzig bis zweihundert«, sagte der Fotograf.

Freddy verzog gequält das Gesicht. »Ja, dann wird unsere Abteilung wohl puzzeln müssen.« Er schulterte die drei Säcke und ging in Richtung Ausgang. »Danke«, rief er dem Fotografen noch zu.

»Bitte«, antwortete der mit einer Mischung aus Großzügigkeit und Mitleid.

SECHS

Auf den ersten Blick schien Chaos zu herrschen, tatsächlich aber wurde konzentriert gearbeitet, obwohl es bereits auf zehn Uhr abends zuging.

Auf dem Boden hockten vier Kollegen zwischen den teilweise entleerten Plastiksäcken und klebten in mühsamer Kleinarbeit die geschredderten Fotostreifen wieder zu ganzen Bildern zusammen.

Franziska saß an ihrem Schreibtisch. Bleich vor Müdigkeit starrte sie auf ihren Bildschirm und hackte immer wieder Worte und Sätze in die Tastatur. Zwischen Ohr und Schulter klemmte der Telefonhörer, der sie mit Beatrice verband, die in ihrem Krankenbett genauso konzentriert an der Lösung des Rätsels arbeitete wie sie.

»Ja genau. Ja, ja …«, murmelte Franziska nickend. »Genau das. Hmhm … – Wo? Ah. … Ja, das hab ich auch.«

In einer Ecke lag Anna auf einer Matratze und schlief fest inmitten des Durcheinanders. Ballauf saß am Schreibtisch und behandelte seinen Zahn mit Nelkenöl. Freddy stand an der Kaffeemaschine, schenkte einen Becher ein und stellte ihn ihm hin. Ballauf verzog das Gesicht. Kaffee und Nelkenöl passten wirklich überhaupt nicht zusammen.

»Wir haben jetzt ungefähr ein Drittel aller Fotos durch«, sagte Freddy.

Ballauf warf die Arme in die Höhe. »Freddy, das dauert alles viel zu lange!«, rief er ungeduldig.

Freddy hakte die Daumen in die Westentaschen und

sah betont nachsichtig auf ihn herab. »Wir tun, was wir können, Max«, sagte er.

»Ich weiß«, sagte Ballauf mit einer entschuldigenden Geste.

Freddy nickte. »Ich mach dann mal weiter«, sagte er. »Die Liste mit den ehemaligen Mitarbeitern kommt morgen …«

»Ja!«, sagte Franziska leise in den Hörer und nahm ihn für einen Moment vom Ohr. Sie war noch blasser geworden. Dann atmete sie entschlossen durch und winkte Freddy und Ballauf heftig zu sich heran. »Ich glaub, wir haben's …«, rief sie.

Dann sprach sie wieder ins Telefon. »Pass auf …«, sagte sie zu Beatrice, »Max kommt gleich zu dir, ja?«

»Was hat das zu bedeuten?«, fragte Beatrice aus dem Hörer.

»Das wird er dir gleich alles erklären. Okay?« Franziska legte auf.

Ballauf sah sie fragend an. Sie zeigte ihnen ihr vollgekritzeltes Lösungsblatt, aber Freddy runzelte nur fragend die Stirn.

»Die Lösungswörter sind alles Wörter aus Gedichten«, erklärte Franziska. »Das hier zum Beispiel, das stammt aus dem ›Erlkönig‹. Unser Lösungswort stammt aus einem Gedichtband von Baudelaire. ›Die Blumen des Bösen‹ – und das Wort ist … ›Beatrice‹.«

»Oh nein. *Nicht* Beatrice.« Ballauf reagierte sofort. Noch bevor er zu Ende gesprochen hatte, war er an der Tür.

Freddy brauchte nur eine Sekunde länger. »Scheiße«, sagte er. »Ruf im Krankenhaus an. Sie sollen Beatrice sofort an einen sicheren Ort schaffen.« Damit war auch er aus dem Büro.

Franziska blätterte hektisch in ihrer Telefonliste und tippte dann die Handynummer des Sicherheitsbeamten im Krankenhaus ein. Sie bekam nur ein Besetztzeichen zu hören.

»Scheiße!«, brüllte sie und knallte den Hörer auf die Gabel.

Es war derselbe Moment, in dem der Mann im Keller des Krankenhauses einen leeren Rollstuhl in den Aufzug schob und die Taste für den vierten Stock drückte.

***

Er schob den Rollstuhl über den Flur der Station, ohne dass er jemandem auffiel. Noch immer trug er die braune Perücke; seine Straßenkleider hatte er gegen die leichte weiße Dienstkleidung der Krankenpfleger dieser Klinik getauscht.

Vor ihrem Zimmer war ein Beamter postiert, der mit seinem Handy telefonierte. Offenbar war es ein Privatgespräch. Mit so viel Glück hatte er gar nicht gerechnet.

Der Polizeibeamte sah auf, als er ihn ansprach, und unterbrach sein Gespräch: »Einen Moment, Mutti.«

»Ich muss Frau Stadler zur Computertomographie bringen«, sagte er höflich. Der vorgeschobene Grund würde hoffentlich seinen Zweck erfüllen.

»Wie lange wird das dauern?«, fragte der Polizist.

»Zwanzig Minuten, denk ich«, sagte er.

Der Polizist erlaubte ihm mit einer Kopfbewegung, das Zimmer zu betreten, und setzte sein Privatgespräch fort: »Da bin ich wieder ...«

Er klopfte und wartete ein paar Sekunden, bevor er eintrat.

Auch sie telefonierte. Beatrice Stadler. Sie würde die Nächste sein. Sie sah auf und bat ihn, einen Moment zu warten. Höflich blieb er an der Tür stehen.

»Immer positiv bleiben«, sagte sie in den Hörer. »Das hat mir bisher immer geholfen. Du, ich muss Schluss machen. Die wollen schon wieder was von mir. Wir können ja nachher noch mal telefonieren, ja? Tschüss.«

Sie legte auf, und er schob den Stuhl an ihr Bett.

»Schon wieder in den Rollstuhl?«, fragte sie unglücklich.

»Es tut mir sehr leid, aber wir müssen einen Test wiederholen«, sagte er. »Dauert nicht lange«, setzte er tröstend hinzu.

Beatrice Stadler mühte sich aus dem Bett und schlüpfte in ihre Pantoffeln. Es war offensichtlich, wie geschwächt sie war. Dankbar sank sie in den Rollstuhl, den er in die richtige Position geschoben hatte. Er klappte ihr die Fußstützen herunter und schob sie dann vorsichtig aus dem Zimmer. Als sie die Tür erreichten, begann ihr Telefon zu läuten.

»Wollen Sie noch drangehen?«, fragte er freundlich und hoffte, dass sie es nicht tun würde. Verzögerungen waren nicht eingeplant.

»Ach nein«, sagte Beatrice. »Wenn's wichtig ist, werden sie noch mal anrufen.«

Er lachte leise. »Da haben Sie recht«, sagte er, schob sie auf den Flur und schloss die Zimmertür.

Der Polizist telefonierte immer noch mit seiner Mutter und nickte Beatrice Stadler zu, als er sie an ihm vorbeischob. Sie hob grüßend die Hand.

Das Telefon im Zimmer klingelte weiter. Doch er wusste, dass so schnell niemand abnehmen würde.

***

Ballauf und Freddy erreichten rennend ihren schwarzen Dienst-Passat. Freddy sprang auf den Fahrersitz und startete mit durchdrehenden Reifen, noch bevor Ballauf die Beifahrertür richtig zuhatte. Ballauf drehte die Scheibe runter, griff sich das Magnetblaulicht und setzte es aufs Dach.

Freddy kurvte durch den abendlichen Verkehr in Richtung Uniklinik, so schnell es Straße und Maschine zuließen; mehr als einmal kamen sie bei den zahllosen Spurwechseln einem der anderen Wagen gefährlich nahe.

Als sie mit quietschenden Reifen am Unicenter von der Luxemburger abbogen, klingelte Ballaufs Handy.

»Ja!«, bellte er hinein.

Es war Franziska. »Bei dem Kollegen ist die ganze Zeit besetzt, und Beatrice geht nicht ran«, sagte sie besorgt.

»Dann ruf die Anmeldung an, dass sie unserem Mann Bescheid sagen. Wir sind gleich da!«, antwortete Ballauf heftig.

»Alles klar«, sagte Franziska und legte auf.

Mit genervtem Ausdruck klappte Ballauf das Handy zu.

»Verdammt!«, stieß er aus.

»Was ist?«, fragte Freddy.

»Franziska kann den Wachposten nicht erreichen.«

»Scheiße«, sagte Freddy nur.

Ballauf gestikulierte heftig. »Freddy, jetzt fahr doch mal 'n *bisschen* schneller.«

»Ja«, antwortete Freddy geduldig.

***

Der Pfleger schob sie behutsam in den Aufzug und drückte auf die Taste für das Untergeschoss. Beatrice war froh, dass er so geduldig und rücksichtsvoll war. Ein Großteil des Personals waren gestresste junge Leute, die sich abhetzen mussten, um ihr Tagespensum zu erfüllen, und deswegen weder Zeit noch Nerven für ein freundliches Wort hatten. Beatrice hatte Verständnis für ihren Stress, aber trotzdem war sie froh über die Ruhe, die dieser ältere Pfleger ausstrahlte. Sie drehte den Kopf zu ihm.

»Wissen Sie, *was* da genau wiederholt werden muss?«, fragte sie.

Der Mann verzog bedauernd das Gesicht. »Das weiß ich leider auch nicht genau. Das wird Ihnen der Arzt erklären«, sagte er. »Machen Sie sich mal keine Sorgen.«

Beatrice nickte nur.

Der Aufzug hielt im Untergeschoss, mit einem »Ping« öffnete sich die Tür. Der Pfleger schob sie hinaus in einen menschenleeren Gang. Hier war sie noch nie gewesen, aber darüber wunderte sie sich nicht. In den letzten Tagen hatte sie in ihrem Rollstuhl mehr Ecken der Uniklinik kennengelernt, als sie sich hatte vorstellen können.

Der Pfleger öffnete eine Milchglastür und schob sie in einen Behandlungsraum. Der Raum war dunkel, nur die durch die Milchglasscheibe sickernde Flurbeleuchtung sorgte für diffuses Zwielicht.

»Wieso ist denn hier kein Licht?«, fragte er erstaunt.

»Vielleicht haben die uns vergessen«, sagte Beatrice heiter.

Der Pfleger beugte sich zu ihr herunter. »Ich mach es sofort an. Und ruf den Arzt an.«

Beatrice hörte, wie er sich in ihrem Rücken entfernte, und wartete geduldig.

Sie bemerkte nicht, wie der Mann ein Fläschchen Chloroform aus der Tasche seines Kittels nahm und einen Wattebausch tränkte.

Es überraschte sie eiskalt, als er ihr diesen Wattebausch auf Mund und Nase presste.

Nein!, durchfuhr es sie. Mit aller Energie, die ihr geschwächter Körper aufbringen konnte, stemmte sie sich gegen die Umklammerung des Mannes. Für einen Sekundenbruchteil verrutschte der Wattebausch, und frische Luft strömte in ihre Lungen. Sie hatte bis hierher um ihr Leben gekämpft, und sie würde weiterkämpfen. Nicht für mich, schoss es ihr durch den Kopf. Für Anna!

Der Wattebausch verschloss Mund und Nase wieder fest, und sie konnte es nicht verhindern, mit jedem Atemzug den betäubenden Dampf einzuatmen. Schwindel und Benommenheit breiteten sich in ihrem Körper aus.

Sie ließ sich aus dem Rollstuhl fallen, um dem Griff des Mannes zu entkommen, doch er zerrte sie wieder hoch. Ihre Hand bekam seine Haare zu packen, aber als sie daran zog, hielt sie nur eine Perücke in der Hand.

Der Mann schleuderte sie rücklings auf die Untersuchungsliege. Beatrice presste die Hände gegen sein Gesicht, aber er stemmte sie zur Seite. Auf der Halbglatze des Mannes funkelten Schweißtropfen im schwachen Licht. Wer war er? Was wollte er von ihr?

Ihr blieb keine Zeit, lange darüber nachzudenken. Wieder wurde ihr der Chloroformbausch vor den Mund gedrückt. Beatrice warf verzweifelt den Kopf hin und her, aber sie konnte sich nicht befreien. Sie trat wild um sich, fand jedoch kein Ziel.

Ihre Kräfte schwanden, aber noch einmal verrutschte der Wattebausch, und ihr gelang ein freier Atemzug. Aus dem Augenwinkel sah sie am Kopfende der Liege in einem Regal einen großen Glaskolben. Sie musste ihn erreichen, irgendwie!

Der Mann versuchte, ihre Arme zu fixieren, aber es gelang ihr, sich Zentimeter um Zentimeter in Richtung Kopfende zu robben. Offenbar konzentrierte er sich ausschließlich darauf, sie mit dem Wattebausch zu betäuben. Die Gefahr, die ihm von oben drohte, nahm er erst wahr, als Beatrice den Kolben am Hals gefasst hatte und ihn mit aller verbliebenen Kraft auf seinem Schädel zertrümmerte.

Bewusstlos sackte er zu Boden.

Ohne einen weiteren Blick an ihn zu verschwenden, taumelte Beatrice zur Tür. Doch das Chloroform umnebelte ihre Sinne und schwächte ihre Beine. Sie sank zu Boden. Kraftlos rang sie nach Luft, doch dann nahm sie eine Bewegung hinter sich wahr. Sie schaffte es, den Kopf zu drehen, und sah, wie der Mann sich langsam wieder aufrichtete. Sie musste hier raus, sofort!

Auf allen vieren zwang sie sich weiter in Richtung Tür, und es gelang ihr, wieder auf die Beine zu kommen. Sie drückte die Tür auf und taumelte hinaus auf den noch immer menschenleeren Gang.

***

Freddy hielt schleudernd direkt vor dem Haupteingang der Klinik. Das Blaulicht rotierte weiter, während sie an der protestierenden Pförtnerin vorbei ins Gebäude stürmten. Ballauf erreichte die Aufzüge als Erster und hieb sofort auf den Knopf, aber nur der Leuchtpfeil ging an, sonst passierte nichts.

»Nun komm schon!«, flehte er.

***

Im Untergeschoss stand Beatrice vor demselben Aufzug. Auch sie flehte ihn an, endlich zu kommen. Immer noch war kein Mensch in Sicht, kein Laut zu hören auf dem Kellergang. Sie kämpfte gegen die Betäubung an, aber die Lichter unter der Decke verschwammen vor ihren Augen zu bunten Flecken. Plötzlich klappte eine Tür. Ihr Kopf fuhr herum, und sie sah den Mann, der aus der Tür des Behandlungszimmers trat. Eine breite Blutspur überzog seine Halbglatze. Sein Gang war unsicher, fast taumelte er auf sie zu.

»Bitte, bitte, bitte!«, bettelte sie den Aufzug an.

Der Mann kam näher, er war vielleicht noch dreißig Meter entfernt, und seine Schritte gewannen an Sicherheit.

Endlich ertönte das erlösende »Ping«, und die Aufzugstür öffnete sich. Beatrice warf einen hektischen Blick über ihre Schulter – der Mann begann jetzt zu laufen; auch er hatte den Aufzug kommen hören. Sie fiel fast in den Aufzug hinein. Sofort drückte sie eine Taste, irgendeine, möglichst weit oben. Die Sekunden, in denen die Tür bewegungslos offen verharrte und die Schritte des Mannes auf dem Flur immer näher kamen, kamen ihr endlos vor. Alles in ihr spannte sich zur Verteidigung. Sie würde dem Mann das Gesicht zerkratzen, sobald sein Kopf in der Tür auftauchte, dachte sie, aber in Wahrheit wusste sie, dass ihr geschwächter Körper zu keiner weiteren Gegenwehr mehr in der Lage war.

Und dann, als sie es schon kaum mehr zu hoffen gewagt hatte, schloss sich die Tür endlich. Das hassverzerrte Gesicht des Mannes war das Letzte, was sie durch den schmaler werdenden Spalt zu sehen bekam.

Zitternd und nach Luft ringend lehnte sie sich an die Wand. Sie wusste nicht, in welchem Stockwerk sie war, als sich die Tür wieder öffnete und sie blindlings aus dem Aufzug taumelte.

Starke Arme umfingen sie.

»Hey«, sagte eine männliche Stimme, überrascht und erleichtert zugleich, aber sie erkannte sie nicht. Dunkelheit umfing sie.

***

Er tastete über seinen Schädel und betrachtete erstaunt das Blut auf seiner Hand. Die Wunde blutete stärker, als er vermutet hatte. Er sah sich um. Noch war er allein auf dem Gang, aber er konnte nicht sicher sein, wie lange das so blieb. Er ging den Gang zurück zu einem Raum, an dessen Tür er das Schild »Wäschekammer« gesehen hatte. Erleichtert stellte er fest, dass die Tür unverschlossen war, und schlüpfte hinein. An den Wänden des Raumes standen Metallregale mit sauber gefalteter Arztkleidung.

Hastig zog er den blutverschmierten Kittel aus und versuchte, mit dem Stoff die Blutung zu stillen, aber es gelang ihm nicht. Er stopfte den Kittel in einen der Säcke für Schmutzwäsche und griff sich eine grüne OP-Haube aus einem Regal. Sie würde die Wunde hoffentlich ausreichend tarnen. Dann zog er sich einen grünen Arztkittel über und band sich einen Mundschutz vor das Gesicht.

Er verließ den Raum und ging in Richtung Treppenhaus. Die Treppe erreichte er gleichzeitig mit zwei ihm entgegenkommenden jungen Ärzten, die im Gehen über ein Röntgenbild disputierten. Er ließ ihnen den Vortritt; sie bedankten sich mit einem leichten Kopfnicken. Offenbar hatten sie ihn kaum wahrgenommen. Er folgte ihnen die Treppe hinauf.

Plötzlich fühlte er, wie das Blut hinter seinem Ohr den Hals hinunterrann. Prüfend tastete er danach und besah sich seine Hand. Seine Finger waren über und über mit Blut beschmiert. Unwillkürlich griff er nach dem Geländer und wischte es daran ab, so gut es ging.

***

Freddy fasste Beatrice unter dem einen Arm, Ballauf unter dem anderen, und sie setzten sie auf eine Polsterbank, die den Aufzügen gegenüber stand.

Beatrice rang um Luft, kraftlos hing sie auf der Bank, fast wäre sie zur Seite gesackt.

Ballauf packte sie an den Schultern. »Beatrice, was ist passiert?«

Ihr Blick flatterte. »Jemand wollte mich umbringen«, sagte sie und schloss die Augen.

Ballauf rüttelte sie. »Und wie sah der Kerl aus? Komm!«

Beatrice versuchte, Ordnung in ihre Gedanken zu bringen. Immer noch war sie benommen von dem Chloroform. Am liebsten hätte sie sich einfach hingelegt und geschlafen, aber Ballauf ließ es nicht zu.

»Beatrice!«, brüllte er sie an. »Wie sah der Kerl aus, verdammt noch mal!«

»Weißer Pflegerkittel«, stieß sie hervor und musste sofort wieder nach Luft schnappen.

Aber Ballauf drängte weiter auf Antwort. »Ja, ja …«, ermutigte er sie.

»Perücke, Halbglatze«, brachte sie heraus.

»Perücke, Halbglatze. Und weiter?« Wieder schüttelte Ballauf sie.

»Ich hab ihn am Kopf verletzt«, sagte Beatrice leise.

»Wo ist das Ganze denn passiert?«

»Im Keller«, hauchte Beatrice fast unhörbar, aber Ballauf hatte verstanden.

»Du bleibst bei ihr«, sagte er zu Freddy und spurtete in Richtung Treppenhaus. Einem entgegenkommenden Arzt bedeutete er mit rascher Geste, sich um Beatrice zu kümmern, die in Freddys Armen mittlerweile gegen eine Ohnmacht kämpfte, dann rannte er weiter.

Ballauf rannte durch die Tür zum Treppenhaus, dann zog er seine Pistole. Er lud durch und hetzte abwärts. Auf dem Absatz zum zweiten Untergeschoss begegneten ihm drei Ärzte, einer kam offensichtlich direkt aus dem OP, er trug noch Haube und Mundschutz. Sie zuckten zurück, als sie urplötzlich in den Lauf von Ballaufs Walther starrten.

»Polizei!«, rief Ballauf. »Haben Sie da unten einen Krankenpfleger gesehen?«

Zwei der Ärzte sahen sich fragend an, dann antworteten sie fast gleichzeitig: »Nein.«

Der dritte, der mit dem Mundschutz, schüttelte nur stumm den Kopf.

Ballauf drängelte sich an ihnen vorbei und stürmte weiter die Treppe hinunter, so schnell, dass er an der Biegung nach dem Geländer greifen musste, um nicht zu stürzen. Er hieb brachial auf den Öffnen-Knopf der Glastür zum zweiten Untergeschoss und zielte mit der Pistole links den Gang hinunter. Als er ihn leer fand, federte er herum und zielte in die andere Richtung, doch auch hier war kein Mensch zu sehen. Er ging weiter, rüttelte an ein paar Türen, die aber allesamt verschlossen waren. Schließlich geriet er an eine offene. Er sah hinein. Es war ein Wäschelager. Auch hier war niemand.

Plötzlich fiel sein Blick auf seine Hand. Sie war blutbeschmiert.

Woher stammte das Blut? Beatrice hatte nicht geblutet, da war er sicher. In Gedanken ging er noch einmal den Weg ab, den er gekommen war, und plötzlich fiel es ihm wie Schuppen von den Augen.

Er spurtete zurück zum Treppenhaus, rannte hinauf zum ersten Untergeschoss, stürmte durch die Tür zum Flur und sah sich um. Er musste sich im OP-Trakt befinden: Der Gang war bevölkert von Ärzten mit Hauben und Mundschutz. Sie wandten ihm überrascht die Köpfe zu und starrten auf die Waffe, die er auf sie gerichtet hielt.

Ballauf ging auf den nächstbesten zu und zerrte ihm den Mundschutz herunter. Ein junges Männergesicht blickte ihn entgeistert an. Auch dem nächsten und übernächsten Arzt zog er die Schutzmaske ab, bis ihm die Sinnlosigkeit seines Tuns klar wurde.

Der Mann war längst weg.

Ballauf rannte los, die verblüfften Ärzte ohne Erklärung zurücklassend, in Richtung Ausgang, vorbei an Pflegern, Patienten und Besuchern, die alle zusammenschraken, als sie die gezogene Waffe sahen.

Erst draußen in der Krankenhauseinfahrt, an ihrem Wagen, im Schein des zuckenden Blaulichts, hielt er inne, heftig atmend nach seinem Wettlauf mit dem Unbekannten.

»Scheiße«, sagte er leise.

Er hatte verloren.

***

Sein Atem ging immer noch schwer, als er die Aufzüge wieder erreichte. Freddy saß auf der Polsterbank und beobachtete den Arzt, der sich um Beatrice kümmerte. Sie saß mittlerweile in einem Rollstuhl, der Arzt hockte neben ihr und fühlte ihren Puls.

»Und?« Freddy sah Ballauf fragend an.

Er hob resignierend die Hände. »Entwischt«, sagte er und beugte sich zu Beatrice hinunter. »Wie geht's dir?«, fragte er.

Sie lächelte nur schwach. Ballauf strich ihr vorsichtig eine ihrer widerspenstigen Haarsträhnen aus dem Gesicht. Auch er versuchte ein Lächeln.

»Jemand hat versucht, sie mit Chloroform zu betäuben«, sagte der Arzt.

Ballauf ging vor Beatrice in die Hocke. »Das tut mir leid«, sagte er leise.

Zu seiner Erleichterung ließ Beatrice ein kleines Lachen hören.

»Ist schon gut«, sagte sie. »Ich bin ja 'n starkes Mädchen.«

Ballauf musste grinsen. »Ja«, sagte er und stand auf.

»Frau Stadler muss dringend verlegt werden«, sagte er an den Arzt gewandt. »Unter äußerster Geheimhaltung. Ist das möglich?«

Der Arzt überlegte einen Moment. »Ja, prinzipiell ist das möglich«, sagte er dann.

»Gut.« Ballauf nickte zufrieden. »Und ab jetzt stehen zwei Beamte vor ihrer Tür. Und niemand betritt ohne doppelte Rückversicherung ihr Zimmer. Können Sie das einrichten?«

»Ja, ich kümmere mich sofort drum«, antwortete der Arzt.

»Danke«, sagte Ballauf.

Der Arzt ging zielstrebig zu einem Büro, das ein paar Türen weiter lag.

Ballauf sackte auf die Bank. Immer noch hatte sein Atem sich nicht richtig normalisiert.

»*So* ein kleines Stück«, sagte er und zeigte mit Daumen und Zeigefinger eine Distanz von ein paar Zentimetern. »*So* ein kleines Stück, und wir hätten das Schwein gehabt ...«

Auf Beatrices Stirn stand eine steile Falte. »Wollt ihr mir nicht langsam mal erzählen, was hier los ist? Schließlich hab ich ja auch 'n bisschen was damit zu tun.«

Ballauf kniff den Mund zusammen. Freddy sah für einen Moment so aus, als wolle er sich am liebsten verabschieden, aber dann drehte er den Kopf zu Ballauf.

Gut, dann wird das jetzt wohl meine Aufgabe werden müssen, dachte er. Wenn Max mit seinem erschütterten Nervenkostüm einer sorgenden Mutter erklärte, dass nicht nur sie selbst, sondern auch ihre Tochter in Gefahr war, würde alles nur in Schreierei und Schererei enden. Ergeben ließ er die Schultern sinken und wollte gerade den Mund öffnen, als das Handy in seiner Manteltasche zu läuten begann.

Selten hatte Freddy sich so über einen Anruf gefreut.

»Ja«, meldete er sich.

Es war Franziska. »Was ist mit Beatrice?«, war ihr erster Satz.

»Alles in Ordnung«, sagte er. »Ist noch mal gut gegangen.«

Beatrice sah ihn an. Die Falte auf ihrer Stirn wurde noch tiefer.

»Gott sei Dank«, sagte Franziska. »Dann kommt mal so schnell wie möglich hierher. Ich hab 'ne Überraschung für euch.«

»Okay, bis gleich«, antwortete Freddy, und es gelang ihm nicht, seine Erleichterung zu verbergen.

»Was gibt's?«, fragte Ballauf.

»Wir sollen sofort ins Präsidium kommen.« Freddy klappte das Handy zu und steckte es ein.

Der Arzt kam aus seinem Büro zurück. »Geht alles in Ordnung«, verkündete er.

»Danke«, sagte Ballauf. »Sie kümmern sich weiter um Frau Stadler, ja?«

»Natürlich«, antwortete der Arzt.

Ballauf schlug ihm dankbar auf die Schulter und folgte Freddy, der schon in Richtung Ausgang unterwegs war.

»Ich warte immer noch auf 'ne Antwort!«, rief Beatrice ihnen hinterher.

Ballauf drehte sich noch einmal um. »Ich erklär dir alles, wenn's vorbei ist, ja?«, rief er »Glaub mir, ist besser so.«

Dann rannte er hinter Freddy her.

»Hey!«, rief Beatrice ihm empört nach, aber er drehte sich nicht mehr um.

***

»Das war im wahrsten Sinne des Wortes Fleißarbeit«, sagte Franziska.

Auf ihrem Schreibtisch lag das aus feinen Streifen wieder zusammengesetzte Foto von Anna und dem Unbekannten beim Betreten des Zoos.

Freddy und Ballauf standen neben ihr und beugten sich über das Bild.

»Und?«, fragte Freddy. »Klingelt da irgendwas bei dir?«

Ballauf verzog gequält das Gesicht. »Nichts«, sagte er kopfschüttelnd.

Das Gesicht dieses völlig unauffälligen älteren Mannes, der da mit Anna an der Hand den Zoo betrat, so wie es Dutzende Großväter jeden Tag mit ihren Enkeln tun, hatte er erst ein Mal gesehen: vorhin im Krankenhaus, versteckt hinter einem Mundschutz.

Freddy richtete sich auf. Er reckte sich und steckte die Daumen in die Westentaschen. »Hoffentlich haben wir morgen im Labor mehr Glück«, sagte er, aber er klang nicht wirklich optimistisch.

Ballauf machte eine hilflose Geste. »Ich bring jetzt Anna nach Hause«, sagte er dann.

»Hm«, brummte Freddy nur und rieb sich die Augen.

Anna lag auf ihrer Matratze und schlief, wie nur Kinder schlafen können. Ballauf hob sie sanft auf und nahm sie auf den Arm. Ihr kleiner Kopf sank auf seine Schulter; sie ließ nicht das geringste Zeichen erkennen, dass sie merkte, was mit ihr geschah.

Franziska lag ein Kommentar zu Ballaufs neuer Vaterrolle auf der Zunge, aber als sie Freddys besorgten Gesichtsausdruck sah, verkniff sie ihn sich.

Ballauf verabschiedete sich mit einem kurzen Blick von ihnen. Dann trug er Anna vorsichtig durch die Bürotür hinaus.

***

Im Gegensatz zu Anna schlief Ballauf alles andere als fest. Er wälzte sich in dem breiten Bett hin und her, immer wieder aufgeschreckt von Träumen, an die er sich nicht erinnern konnte, die aber alle das nagende Gefühl hinterließen, zu spät gekommen zu sein. Es war fast vier, als er endlich in einen bleiernen, aber immerhin festen Schlaf glitt.

Er sollte nicht allzu lange dauern.

Das laute Klingeln des Bakelitapparates auf dem Nachttisch drang zu ihm durch. Sekundenlang wusste Ballauf nicht, wo er war; erst allmählich konnte er das schrille Klingeln einordnen. Er riss sich zusammen und angelte nach dem schweren Hörer. Schon bevor die Stimme sich meldete, wusste er, wer anrief.

»Das war knapp«, sagte der Mann. »Das war schon richtig gut.«

»Auf jeden Fall haben Sie diese Runde verloren«, sagte Ballauf.

Aber die Stimme lachte nur leise. »Eine Runde, was macht das schon? Das Spiel ist noch nicht zu Ende.«

»Was *wollen* Sie?«, fragte Ballauf. »Warum *machen* Sie das? Und was hab ich Ihnen *getan*?«

»Wenn Sie ein bisschen mehr darüber nachgedacht

hätten, wären Sie wahrscheinlich schon ein wenig näher an der Lösung«, antwortete die Stimme. Sie klang nun fast mitleidig. »Ehrlich gesagt, Sie enttäuschen mich ein bisschen. Sie möchten wissen, was Sie mir angetan haben? Ich sag Ihnen, was: Sie haben mir etwas sehr Kostbares weggenommen. Meinen Schatz.«

Ballaufs müdes Gehirn arbeitete, aber es fand nichts, was es mit dem Gesagten in Zusammenhang bringen konnte.

»Und dafür werden Sie leiden«, fuhr die Stimme unbarmherzig fort. »Ich habe noch nicht mal richtig angefangen. Schlafen Sie gut. Sie brauchen bald viel Kraft.«

Die Leitung wurde unterbrochen. Ballauf starrte gedankenverloren auf den Hörer, den er noch fast eine halbe Minute in der Hand hielt, ohne es zu bemerken. Schließlich knallte er ihn zurück auf die Gabel.

Diese Nacht war definitiv vorbei.

In Boxershorts und T-Shirt ging er in die Küche und setzte die monströse Espressomaschine in Gang, um sich einen doppelten Cappuccino zu machen. Er brauchte einen klaren Kopf.

Mit der Tasse in der Hand ging er im Wohnzimmer zwischen der Rodin-Kopie am Fenster und dem ägyptischen Sarkophag an der Tür auf und ab. Es waren zwölf Schritte, wie er einmal gezählt hatte. Heute Nacht war ihm die Größe des Zimmers allerdings mehr als gleichgültig.

»Wer bist du?«, murmelte er vor sich hin. »Und welchen Schatz meinst du?« Er versuchte den Cappuccino, aber er war noch zu heiß, und er verbrühte sich die Zungenspitze.

Plötzlich bemerkte er Anna, die barfuß durch die Tür geschlichen kam.

»Hey! Was ist mit dir denn los?« Ballauf stellte die Tasse ab und ging vor dem Mädchen in die Knie.

»Ich hab schlecht geträumt«, sagte Anna und rieb sich die müden Augen.

»Komm mal her«, sagte Ballauf und nahm sie auf den Arm. »Schlecht geträumt?« Er setzte sie auf dem großen Lehnsessel ab. »Wovon hast du denn geträumt, hm?«

»Von deinem Freund«, antwortete Anna leise und sah traurig zu Boden.

Ballauf setzte sich auf die Sessellehne. »Kannst du dich denn noch erinnern, was genau du geträumt hast?«, fragte er.

Anna nickte. »Ich hab von seiner Tochter geträumt.« Sie sah ihn an, als habe sie etwas Böses getan.

Er lächelte sie ermutigend an. »Und?«

»Sie wollte mit mir spielen«, fuhr Anna fort. »Dabei ist sie doch tot. Und dann hab ich Angst bekommen und bin aufgewacht.«

Ballauf sah sie eindringlich an.

»Seine Tochter ist tot?«, fragte er. »Wie kommst darauf?«

»Martin hat es mir erzählt.«

»Er hat es dir erzählt? Oder hast du das vielleicht auch nur geträumt?«, fragte Ballauf, und er wusste, dass ihn die Antwort der Lösung einen Schritt näherbringen würde.

»Er hat's mir erzählt. Im Zoo. Und dass es ihn ganz traurig gemacht hat.« Sie blickte Ballauf direkt in die Augen, und er hatte nicht den geringsten Zweifel, dass sie die Wahrheit sagte.

SIEBEN

Anna war nach ihrem Gespräch schnell wieder eingeschlafen, aber Ballauf hatte, wie er erwartet hatte, kein Auge mehr zugetan.

Gerädert saß er an seinem Schreibtisch. Er hatte die Becher Kaffee nicht gezählt, die er schon in sich hineingeschüttet hatte. Das Herz klopfte ihm im Hals, aber seine Müdigkeit wollte nicht nachlassen, und seine Gedanken verfingen sich in waberndem Nebel.

Freddy steckte eine Kopie des Zoo-Fotos in eine Klarsichthülle.

»Fährst du ins Labor?«, fragte Ballauf.

»Ja«, antwortete Freddy.

»Ich komm mit.« Ballauf stand auf. Er brauchte dringend Bewegung und frische Luft; vielleicht würde er dann endlich dahinterkommen, was die tote Tochter des Mörders mit ihm zu tun hatte. Aber Freddy schüttelte den Kopf.

»Du bleibst besser hier. Falls er wieder anruft.«

Ballauf sank wieder auf seinen Stuhl.

»Okay«, seufzte er ergeben. Er wusste, dass Freddy recht hatte. »Dann geh ich noch mal die alten Akten aus Düsseldorf durch …«

Freddy verließ mit wehendem Mantel das Büro, und Ballauf griff müde nach der obersten Akte eines der Stapel auf seinem Schreibtisch. Er hatte sie alle durchgesehen. Er würde es noch mal machen.

»Irgendwas habe ich übersehen«, sagte er leise zu sich selbst und schlug die Akte auf.

Das Foto darin zeigte ein junges Mädchen, einen Teenager. Die langen dunklen Haare reichten ihr bis über die Schulter. Sie trug eine dunkle Stoffjacke und eine weiße Bluse, und darauf, unter der linken Brust, war ein großer Blutfleck.

Ballaufs Mund wurde zu einem schmalen Strich. Etwas in seiner Erinnerung begann an ihm zu nagen.

***

Die Empfangsdame führte Freddy zu einem der zahlreichen Laborräume. Etwa ein halbes Dutzend Angestellte in weißen Kitteln und mit Schutzbrillen waren hier damit beschäftigt, giftig aussehende farbige Flüssigkeiten aus den unterschiedlichsten Behältnissen in verschieden große Reagenzgläser zu füllen.

Als sie das Labor betraten, reichte die Empfangsdame Freddy ebenfalls eine Schutzbrille.

»Bitte setzen Sie die auf«, sagte sie so freundlich wie bestimmt. »Zu Ihrer eigenen Sicherheit.«

Freddy tat, wie ihm geheißen. Er entdeckte Wiedenhoff an einer Stahltür, durch deren Bullauge er Ampullen in einer Zentrifuge beobachtete. Offensichtlich wurde er nur ungern gestört, aber er war merklich um größte Freundlichkeit gegenüber der Polizei bemüht.

Freddy zeigte ihm das Foto, und Wiedenhoff zögerte keine Sekunde.

»Die Haare sind anders«, sagte er. »Aber das ist Herr Kuschmann. Der hat bis vor drei Jahren hier in der Forschung gearbeitet.«

Freddys Brauen schossen nach oben. Endlich hatten sie einen Namen!

»Kennen Sie seinen Vornamen?«, fragte er.

Wiedenhoff spitzte nachdenklich die Lippen. »Ich meine: Günther. Aber er müsste ja auch in der Liste stehen.«

»Warum hat er aufgehört?«, fragte Freddy.

»Entschuldigung«, murmelte Dr. Wiedenhoff und warf einen kurzen Kontrollblick durch das Bullauge, bevor er antwortete.

»Das hat ehrlich gesagt niemand so recht verstanden«, sagte er dann. »Ich denke, es hatte mit dem Tod seiner Tochter zu tun. Er war danach wie ausgewechselt. War ja auch ein schrecklicher Unfall.«

»Wissen Sie, wie lang dieser Unfall her ist?«, fragte Freddy.

Wiedenhoffs Stirn legte sich in Falten. »Ich würde sagen ... gute zehn Jahre«, antwortete er endlich.

Freddys Handy läutete in seiner Manteltasche, und er kramte es hervor. Wiedenhoff schien froh über die Unterbrechung, er sah bereits wieder der Zentrifuge hinter dem Bullauge zu.

»Ja«, meldete sich Freddy.

»Und?«, fragte Ballauf.

»Der Mann heißt Kuschmann«, antwortete Freddy. »Günther Kuschmann.«

Freddy hörte Ballauf scharf einatmen.

Nach ein paar Sekunden sagte er: »Sag das noch mal.«

»Kuschmann«, wiederholte Freddy.

»Komm sofort her, dann erzähle ich dir, worum es bei der ganzen Sache geht«, sagte Ballauf entschieden. »Ich weiß jetzt, wer der Kerl ist.«

»Okay«, sagte Freddy. »Ich bin gleich da.«

Er klappte das Handy zusammen und verließ das Labor. Erst in der Empfangshalle bemerkte er, dass er noch die Schutzbrille trug.

***

Ballauf ließ den Hörer langsam auf die Gabel gleiten. Franziska starrte ihn fragend an, aber er bemerkte es nicht.

»Du weißt jetzt, wer das ist?«, fragte sie.

Ballauf sank in die Lehne seine Stuhles zurück, sein Blick verlor sich irgendwo an der Decke. Franziska sah ihn weiter an. Er schloss die Augen. Nach endlosen Sekunden begann er zu sprechen.

»Ich war damals Einsatzleiter. In Düsseldorf. Ich …«, er schluckte, seine Zunge war staubtrocken, »ich hab seine Tochter erschossen.«

In Franziskas Blick mischten sich Fassungslosigkeit und Mitleid. Mitleid mit Ballauf. Mitleid mit dem Vater des Mädchens. Und zugleich Fassungslosigkeit über die mörderische Rachsucht dieses Mannes.

»Wir haben ‘nen Apothekeneinbruch verfolgt«, fuhr Ballauf fort. »Sie und ihr Freund, die waren in eine Apotheke in Benrath eingestiegen. Trotz Alarmanlage. Völlig amateurhaft. Als wir ankamen, waren sie noch drin. Ich bin als Erster rein. Hab sie auch direkt entdeckt, die standen hinter so ‘ner Scheibe. Die war ganz milchig. Konnte man nur die Konturen durch erkennen. Plötzlich hat ihr Freund auf uns geschossen. Da hab ich zurückgeschossen … Ich hab das Mädchen getroffen …«

Sein Blick kehrte in den Raum zurück. Er sah Franziska an, als wundere er sich über ihre Gegenwart. »Sie war gerade mal sechzehn Jahre alt«, sagte er.

»Das tut mir leid«, sagte Franziska ernst.

»Klar«, fuhr sie nach einer Weile fort, »und Kuschmann glaubt, *du* bist dafür verantwortlich. Und will sich jetzt rächen. Aber das war *Notwehr*!«

»Ich weiß.« Ballauf drehte sich auf seinem Bürostuhl und starrte die Wand an. »Aber das Mädchen hatte keine Waffe.«

Er fuhr herum, als das Telefon auf dem Schreibtisch zu läuten begann. Franziska sah ihn alarmiert an.

»Ja«, meldete er sich.

»Max? Ich bin's«, hörte er Beatrice sagen.

»Beatrice ...« Er atmete erleichtert auf und warf Franziska ein entwarnendes Nicken zu. »Wie geht' s?«, fragte er.

»Der Tumor ist nicht bösartig, Max«, antwortete Beatrice.

Ballauf glaubte seinen Ohren nicht zu trauen. Ein Fels fiel ihm vom Herzen. Er lachte befreit auf.

»Ist ja endlich mal 'ne gute Nachricht«, brachte er mühsam hervor.

»Ja. Ich komme morgen raus ...« Ihrer beschwingten Stimme war die Erleichterung anzuhören. »Du brauchst also nicht mehr länger babyzusitten.«

Ballauf lachte in sich hinein. »Och, war doch nix«, sagte er leichthin.

»Schön«, verabschiedete sich Beatrice. »Bis morgen.«

»Okay, tschüss«, sagte Ballauf und legte auf.

***

Die Tiefgarage des Labors wurde wenig genutzt. Das Gebäude lag in einem Industriegebiet mit genügend Parkmöglichkeiten am Straßenrand, sodass die Angestellten das düstere Parkdeck weitestgehend mieden. Nur für Freddys Passat und eine Handvoll anderer Wagen war draußen kein Platz mehr gewesen.

Freddy sah sich unbehaglich um, als er aus dem Treppenhaus auf die schlecht beleuchtete Parkfläche trat.

Als er den Wagen erreicht hatte und sich gerade den Mantel ausziehen wollte, hallte ein metallisches Quietschen durch das Parkdeck. Er hielt inne und lauschte, aber es gab keine weiteren Geräusche. Er zog seine Smith & Wesson und lugte vorsichtig um die Betonwand herum, hinter der er den Wagen abgestellt hatte. Niemand war zu sehen.

»Ist da jemand?«, rief er laut, aber er erhielt keine Antwort. Das unregelmäßige Brizzeln einer defekten Neonröhre war alles, was er hörte.

Mit erhobenem Revolver überquerte er die leere Parkreihe, aber auch aus dem Schutz der nächsten Betonsäule konnte er nichts entdecken. Ärgerlich steckte er die 44er wieder in das Holster.

»Jetzt fang ich auch schon an, hysterisch zu werden«, murmelte er und ging zurück zum Wagen. Auf dem Weg spürte er ein unangenehmes Kribbeln im Nacken, aber sooft er sich auch umdrehte, das Parkdeck blieb menschenleer.

Er startete den Motor und fuhr konzentriert und betont ruhig los.

Ich darf mich nicht verrückt machen lassen, dachte er.

***

Ballauf lief im Büro auf und ab wie ein Raubtier hinter Gittern.

»Warum *meldet* sich Freddy denn jetzt nicht?«, fragte er zum x-ten Mal.

»Das weiß ich *auch* nicht«, antwortete Franziska genervt, obwohl sie wusste, dass Max keine Antwort erwartete. Aber er machte sie nervös mit seinem Hin-und-her-Getigere. Und er steckte sie an mit seiner Sorge um Freddy, obwohl der noch keine Viertelstunde überfällig war.

»Sag mal, glaubst du, Kuschmann hat was damit zu tun?«, fragte sie.

Ballaufs Antwort kam schnell und heftig. »Komm, hör mal auf damit, ja?«, schnappte er. »Da will ich überhaupt nicht dran denken!«

Als das Telefon auf ihrem Schreibtisch läutete, zuckte Franziskas Hand sofort nach vorn.

»Lüttgenjohann«, meldete sie sich hastig, aber die Spannung wich schnell wieder. »Ja, kleinen Moment«, sagte sie und reichte den Hörer an Ballauf weiter. »Das SEK.«

Ballauf nahm den Hörer und lauschte ein paar Sekunden.

»Ist gut, ich komme«, sagte er dann.

Er hatte gerade die Jacke angezogen und das Nelkenöl aufgeschraubt, als Freddy entspannt das Büro betrat.

»Mann!«, entfuhr es Franziska.

Freddy sah sie verständnislos an, während er seinen Mantel säuberlich zusammenlegte, um ihn über die Stuhllehne zu legen. Die Kollegen mussten ja nicht merken, wie ihm eben die Muffe gegangen war.

»Sag mal, warum meldest du dich denn nicht?«, schnauzte Ballauf ihn an. »Wir haben mindestens tausendmal bei dir angerufen!«

»Mein Akku war alle«, sagte Freddy betont leichthin. »Habt ihr euch etwa Sorgen um mich gemacht?«

»Komm, wir müssen los«, sagte Ballauf statt einer Antwort.

»Wohin denn?«, fragte Freddy.

»Erklär ich dir auf dem Weg.« Ballauf verrieb das Nelkenöl im Mund und ging aus der Tür.

Freddy griff wieder nach seinem Mantel und folgte ihm gehorsam.

»Besser mit deinem Zahn?«, fragte er mitleidig.

»Wovon denn?«, maulte Ballauf und hastete Richtung Parkplatz.

***

»Ist jemand drin?«, fragte Ballauf den Leiter des Sondereinsatzkommandos.

»Gesehen haben wir niemanden. Aber es brennt Licht«, antwortete der Kollege und schloss den Riemen seines Helms. Freddy und Ballauf zwängten sich in ihre Splitterschutzwesten und folgten dem Mann zu Kuschmanns Haus.

Es war ein typisches Siebziger-Jahre-Einfamilienhaus mit Flachdach, viel Schiefer und Sichtbeton. Es strahlte Ordnung und ein bisschen Wohlstand aus. Jemand hatte es zu etwas gebracht, aber er war nicht abgehoben. Durch die Glasbausteine funkelten die Lampen der Treppenhausbeleuchtung.

Ballauf fühlte sich unwohl. Das Haus strahlte eine seltsame Kühle aus. Es wirkte, als sei die Zeit eingefroren worden, als habe sich hier zu lange nichts verändert. Die anderen Häuser in der Wohnstraße stammten aus der gleichen Zeit wie dieses, aber bei ihnen gab es bunte Briefkästen, erneuerte Fassaden, Basketballkörbe: Zeichen von Leben. Kuschmanns Haus wirkte wie tot, obwohl offensichtlich jemand dort wohnte und Ordnung hielt.

»Rückseite gesichert«, quäkte es aus dem Walkie-Talkie des SEK-Chefs.

Er sah sich zu Freddy und Ballauf um. »Fertig?«, fragte er.

Sie nickten.

»Los!«, kommandierte der Chef, und sechs seiner behelmten und gepanzerten Leute huschten gebückt unter den Fenstern an der Front des Hauses entlang zur Eingangstür. Freddy und Ballauf folgten ihnen, die durchgeladenen Waffen mit beiden Händen haltend.

Drei der SEK-Männer postierten sich vor der Tür, ihre Heckler-&-Koch-Maschinenpistolen im Anschlag; ein Beamter befestigte eine Mini-Sprengladung am Türschloss. Auf ein Zeichen zündete er sie, die Tür sprang auf, und die Männer stürmten ins Haus.

»Gesichert!«, brüllte einer von ihnen, und Ballauf und Freddy folgten durch die Eingangstür.

Hier verstärkte sich Ballaufs Eindruck noch: Alles war gepflegt und aufgeräumt. Durch eine Glastür sah man in das großzügige Wohnzimmer, in dem ein Flügel mit offenem Deckel stand. Aber er wirkte, als habe seit Jahren niemand darauf gespielt.

Die SEK-Beamten kontrollierten alle Räume des Erdgeschosses, ohne Ergebnis. Dann teilten sie sich in zwei Gruppen; die eine ging, gefolgt von Freddy, die Wendeltreppe hinunter in den Keller, der anderen folgte Ballauf in den ersten Stock.

Der Flur war mit dunkel gebeizten Kieferpaneelen ausgekleidet; an seiner Stirnseite befand sich eine geschlossene Tür. Die Beamten gruppierten sich davor, einer stieß die Tür auf, die beiden anderen stürmten vor. Mit erhobenen Waffen blieben sie stehen und zielten in den Raum. Einer der Männer forderte Ballauf mit einer Kopfbewegung auf, hereinzukommen.

Das Erste, worauf Ballaufs Blick fiel, war ein Jugendbett, übersät mit Stofftieren, zuoberst ein grinsender Elefant, das exakte Gegenstück zu Annas Exemplar. Darüber hingen Poster von Teenie-Bands, deren Namen er nicht kannte.

Doch der SEK-Mann wies mit dem Lauf seiner MP weiter in den Raum hinein. Ballaufs Blick folgte seiner Geste.

Auf einem Stuhl, mit dem Rücken zur Tür, saß eine regungslose Gestalt. Ballauf erkannte die Perücke wieder, es war dieselbe, die er auf dem Foto aus dem Zoo gesehen hatte.

Die Gestalt rührte sich nicht. Ballauf trat langsam heran und umrundete den Stuhl.

Es war nicht Kuschmann.

Was hier auf sie gewartet hatte, war nichts als eine lebensgroße Stoffpuppe. Sie trug eine Schiefertafel um den Hals.

»Willkommen zum Finale. Warten Sie heute Abend in Ihrem Büro auf meinen Anruf«, las Ballauf. Er steckte die Pistole ins Holster. Auch die SEK-Männer ließen ihre MPs sinken.

Freddy kam herein. Sein Blick flog hellwach durch den Raum.

»Backstreet Boys«, murmelte er.

»Was?«, fragte Ballauf verständnislos.

»Da auf dem Poster. Das sind die Backstreet Boys.«

»Woher kennst *du* die denn?«, fragte Ballauf.

»Woher schon«, antwortete Freddy. »Von Sonja …« Er ging zu dem Schreibtisch in der Ecke. Die Wand über der Tischplatte war übersät mit Fotos, Notizen und Zeitungsausschnitten. Alle hatten nur ein Thema: Max Ballauf.

Freddy zeigte auf das Interview, das Ballauf dem Stadt-Anzeiger gegeben hatte. Auf dem Foto daneben war sein Gesicht komplett mit einem dicken schwarzen Filzstift ausgelöscht worden.

»Deine Belobigung scheint ihm nicht gefallen zu haben«, sagte Freddy.

»Nein«, antwortete Ballauf. »Ganz und gar nicht …«

»Vielleicht …« Freddy kräuselte die Stirn.

»Vielleicht was?«, fragte Ballauf und sah ihn von der Seite an.

»Vielleicht war das ja der Funken, der gefehlt hatte und ihn zur Explosion gebracht hat«, sagte Freddy.

»Hör bloß auf«, murmelte Ballauf. »Hör bloß auf …«

ACHT

Ballauf irrte über die pfützenübersäten Wege des Melatenfriedhofes. Büsche und Bäume waren schneebestäubt. Die Dame von der Friedhofsverwaltung war sehr entgegenkommend gewesen, aber die Skizze, die sie ihm als Wegbeschreibung mitgegeben hatte, verwirrte ihn mehr, als sie ihm half. Er hatte das Gefühl, schon mindestens zweimal an dieser Stelle gewesen zu sein, als er die Grabstelle endlich entdeckte.

Er ging in die Hocke und betrachtete das sauber gepflegte Grün, in dessen Mitte in einer Steckvase eine rote Lilie stand. *»Stefanie und Melanie Kuschmann«*, las er auf dem Grabstein aus blank poliertem Granit. Der Todestag der einen, Stefanie, war der Geburtstag der anderen, Melanie. Und der Todestag von Melanie lag zehn Jahre zurück.

Auf den Tag genau. Heute.

Ballauf biss sich auf die Unterlippe. Schließlich stand er auf und ging zum Ausgang, so schnell, wie es ihm auf einem Friedhof gerade noch schicklich schien.

***

Freddy saß vor der Kaffeemaschine, Franziska stand neben ihm. Hinter ihnen saß der Telefontechniker unter seinem Kopfhörer und hielt die Augen geschlossen, wie immer, wenn er hier wartete.

»Heute ist der zehnte Todestag seiner Tochter«, sagte Ballauf. Er hielt seinen Kaffeebecher in der Hand, aber er schien ihn vergessen zu haben. »Seine Frau ist bei der Geburt des Kindes gestorben. Und dann wird seine Tochter erschossen. Ist ja kein Wunder, dass er mir dafür die Schuld gibt.«

»Nein!« Freddy machte eine ärgerliche Handbewegung. »Nein, nein, nein. Du bist *Polizist*, und du hast getan, was du tun *musst*. Dass das junge Mädchen gestorben ist, ist tragisch. Aber es ist nicht deine Schuld. Der Mann ist *verrückt*, Max. Punkt. Je schneller der in die Geschlossene kommt, umso besser.«

»Freddy hat recht, Max«, sagte Franziska beschwörend, aber sie merkten beide, dass sie nicht wirklich zu ihrem Kollegen durchdrangen.

»Wann ruft der denn endlich an?«, entfuhr es Ballauf.

Freddy stand auf und griff nach seinem Mantel. »Ich gehe jetzt und pass auf Anna auf«, sagte er. »Um uns brauchst du dir keine Sorgen zu machen. Wir haben Polizeischutz. Pass auf *dich* auf!«

Ballauf machte eine abwehrende Kopfbewegung, als sei Freddys Bemerkung Unfug, aber er wusste genau, dass er recht hatte.

Kuschmann wollte ihn töten.

***

Kuschmann betastete vorsichtig die Wunde auf seinem Schädel und verzog vor Schmerz das Gesicht, als er die Kruste mit der Pinzette abzog. Er reinigte die Wunde sorgfältig mit sterilen Wattepads, dann sprühte er ein Sprayplaster darüber. Die Wunde blieb sichtbar, aber sie war nun nicht mehr so furchterregend blutig wie zu Anfang.

Er sah sich im Spiegel über dem Waschbecken an. Das winzige, grün geflieste Badezimmer roch nach Desinfektionsmittel und modernder Feuchtigkeit. Ihm war schlecht. Das Gesicht, das er im Spiegel sah, war grau und alt.

Vor dem Fenster flackerte die Leuchtreklame, die diese Absteige hinter dem Hauptbahnhof dem Besucher euphemistisch als Hotel anpries. Der Portier hatte einen skeptischen Blick auf seine blutige Halbglatze geworfen, aber nachdem er ihm einen Hunderter auf den schmierigen Empfangstresen gelegt hatte, hatte er ihm wortlos den Zimmerschlüssel herübergeschoben.

Müde rieb er sich Gesicht und Augen. Durchhalten, sagte er sich in Gedanken. Es ist nicht mehr lang.

Er packte sein Rasierzeug aus und drehte das heiße Wasser auf. Sorgfältig schlug er den Schaum steif, dann nahm er eine neue Klinge aus dem Döschen, faltete vorsichtig das Papier auseinander und legte die Klinge in den altmodischen Rasierer.

Er rasierte sich aufmerksam. Ohne sich zu schneiden. Sauber und glatt, wie er mit der Hand prüfend feststellte. Dann betupfte er sich mit seinem dezenten Aftershave Wangen und Hals. Als er das akkurat gebügelte, grün gestreifte Hemd anzog und den obersten Knopf schloss, fühlte er sich gestärkt. Noch einmal strich er über seinen Schädel und reckte den Hals.

Er war so weit.

***

Ballauf saß an seinem Schreibtisch.

Er wartete.

Irgendwann nahm er seine Walther aus dem Holster, legte sie vor sich auf die Tischplatte und holte das Reinigungsset aus der Schublade. Mit sicheren Handgriffen baute er die Pistole auseinander, überprüfte die Gängigkeit der beweglichen Teile, säuberte und ölte, auch wo es eigentlich nicht nötig war. Er leerte das Magazin und füllte es erneut. Dann setzte er die Waffe sorgfältig wieder zusammen und lud durch.

Er war bereit.

***

Kuschmann schaltete die Leselampe an der gelblichen Wand des Hotelzimmers an. Die Platte des kleinen Schreibtischs war gerade groß genug, um das Etui auszurollen. Er entnahm ihm eine Ampulle und eine der größeren Glasspritzen, steckte eine Kanüle auf und durchstieß den Verschluss der Ampulle. Nachdem er die Spritze aufgezogen hatte, hielt er sie senkrecht und drückte die Luft heraus. Dann verstaute er, was er brauchen würde, in der alten Arzttasche aus braunem Leder.

Er zog seine Jacke an und strich sie sorgfältig glatt. Noch einmal sah er sich um. Dann ließ er ohne Bedauern das schäbige Hotelzimmer hinter sich zurück.

***

Der Beamte auf dem Beifahrersitz nahm einen kräftigen Schluck aus der Mineralwasserflasche, dann schraubte er sie zu und verstaute sie umständlich unter dem Sitz.

»Wagen 4, hier Wagen 8. Bitte kommen«, krächzte es aus dem Lautsprecher des Funkgerätes.

Der Beamte auf dem Fahrersitz griff mit einer müden Bewegung nach dem Mikrophon. »Hier Wagen 4. Was gibt's?«, antwortete er.

»Tut sich was bei euch?«

Der Beamte sah sich gelangweilt um. Die einzige Bewegung auf der Straße vor dem hell erleuchteten Haus war eine ältere Dame, die ihren Dackel ausführte.

»Nee, nichts Neues«, sagte er ins Mikrofon. »Außer 'ner alten Oma, die ihren Hund den Bürgersteig vollkacken lässt.«

Der Kollege aus dem anderen Wagen lachte. Er bewachte die Rückseite des Hauses und hatte Abwechslung noch nötiger als die Männer vorne.

»Ende«, sagte der Beamte und hängte das Mikro wieder ein.

***

Kuschmann stand hinter einer kräftigen Buche und beobachtete die Szene. Weder die Polizisten noch die ältere Dame, nicht einmal der Hund, bemerkten ihn.

Geduldig wartete er auf seine Möglichkeit. Er wusste, sie würde kommen.

Der Mann auf dem Beifahrersitz verzog das Gesicht.

»Scheiß Mineralwasser«, sagte er und stieg aus.

Er ging nach hinten, quer über den feuchten Rasen, öffnete seine Hose und drängte sich in die Reihe Büsche.

Kuschmann öffnete die lederne Tasche, nahm Watte und Chloroformflasche heraus und tränkte den Bausch kräftig damit.

Der Polizist hatte keine Chance. Er sah und hörte seinen sich heranschleichenden Gegner nicht. Als er von hinten gepackt wurde und das Chloroform in seine Lunge strömte, war es zu spät. Wehrlos sackte er zur Seite.

Kuschmann ließ ihn zwischen den Büschen liegen.

Ein kurzer Blick reichte, um festzustellen, dass der Polizist im Wagen nichts mitbekommen hatte. Der Mann machte seinen Job und beobachtete das Haus.

Kuschmann schüttete mehr Chloroform auf den Wattebausch, dann ging er zur Beifahrertür des Wagens und öffnete sie.

Der Beamte sah ihn nicht mal an. »Du hast echt 'ne Blase wie 'n –«, schaffte er noch zu sagen, da presste Kuschmann ihm bereits die Watte auf Mund und Nase. Nach wenigen Sekunden erlahmte der Widerstand des Mannes, und er sackte schlaff in sich zusammen.

Im Wagen an der Rückseite des Hauses bot der Polizist auf dem Fahrersitz seinem Kollegen eine Zigarette an. Der lehnte ab.

***

Freddy entspannte sich. Er hatte die Schuhe abgestreift und lag rücklings auf dem superbequemen Sofa im Wohnzimmer. Auf seiner breiten Brust hatte es sich der Kater des Hauses gemütlich gemacht und schnurrte wohlig unter seinen Liebkosungen.

Anna lugte ins Zimmer, dann kam sie vorsichtig herein. Offenbar war sie nicht sicher, wie Freddy auf ihr Erscheinen reagieren würde. Sie trug einen kuscheligen Bademantel über dem Pyjama und ihre dicken Filzpuschen.

Freddy lächelte, als er sie entdeckte. »Na, kannst du nicht schlafen?«, fragte er freundlich.

»Hmhm«, antwortete Anna, betont schüchtern.

Freddy unterdrückte ein Grinsen. Er kannte Kindertricks zur Genüge und war gespannt, wie es weitergehen würde.

»Soll ich dir noch was vorlesen?«, fragte er.

Als Antwort bewegte Anna langsam den Kopf hin und her und verschränkte in einer trotzigen Pose die Arme vor der Brust.

»Tja, was machen wir denn dann mit dir?«, fragte Freddy.

»Verstecken spielen«, sagte Anna entschieden. »Ich versteck mich, und du suchst mich.«

»Ohoho«, antwortete Freddy. »Schon ‘n bisschen spät, findest du nicht?«

Anna sah zu Boden. »Bei Max darf ich das auch immer«, sagte sie und verzog beleidigt den Mund.

Wieder musste Freddy ein Grinsen unterdrücken.

»Aha. So weit hast du ihn also schon, hm?«, sagte er, packte den Kater und setzte ihn neben sich aufs Sofa. Er wusste, wann er verloren hatte. »Na, meinetwegen. Du Quälgeist …« Mühsam stemmte er sich aus dem Sofa hoch. »Ich geh noch mal rasch aufs Klo, und du versteckst dich so lange, bis ich wieder da bin, okay?«

Er hatte noch nicht zu Ende gesprochen, da war Anna schon durch die Tür gehuscht. Lächelnd sah er ihr hinterher.

Anna lief in die Küche. Sie wusste längst, wo sie sich verstecken würde. Zielstrebig öffnete sie den unbenutzten Besenschrank in der Ecke neben der Spüle. Sie hockte sich hinein und zog die Tür zu.

***

Kuschmann stand im Schatten neben der Haustür. Durch deren Scheiben sah er, wie Schenk über den Flur ging und gemächlich die Gästetoilette betrat.

Er zog einen dicken Stofffetzen aus der Jackentasche und wickelte ihn um die rechte Hand. Als er die Toilettenspülung rauschen hörte, zerschmetterte er mit einem entschlossen Schlag die Scheibe neben der Türklinke, griff hindurch und öffnete die Tür.

***

Freddy trocknete sich gerade die Hände ab, als die Beleuchtung in der Gästetoilette ausging. Das schwache Licht, das von der Straße durchs Fenster drang, erlaubte es ihm gerade noch, den Haken für das Handtuch zu finden.

»Hey! Das ist aber unfair! Na warte!«, rief er laut und hängte das Handtuch auf. »So, dann wollen wir mal schauen, wo du steckst.«

Er tastete sich zur Tür. Überrascht stellte er fest, dass auch im Flur und im restlichen Haus das Licht erloschen war. Obwohl seine Augen sich noch nicht an die Dunkelheit gewöhnt hatten, setzte er sich vorsichtig in Richtung Wohnzimmer in Bewegung.

Aber schon nach zwei Schritten wurde er von hinten gepackt und zurückgerissen. Freddy fühlte kalten Stahl an seiner Kehle und verzichtete auf Widerstand.

»Einen Mucks und ich schneid dir die Kehle durch. Verstanden?«, zischte ihm eine männliche Stimme ins Ohr. Es war die Stimme des Anrufers. Kuschmanns Stimme.

»Ja«, antwortete Freddy. Er verharrte bewegungslos in der unnatürlichen, nach hinten gebeugten Stellung, auch als Kuschmann ihn losließ.

***

Anna starrte fassungslos durch den schmalen Türspalt des Besenschrankes. Sie hatte das Klirren gehört und die Schranktür ein wenig geöffnet, um sehen zu können, was draußen vorging.

Ein Mann war an der Küchentür vorbeigehuscht, kurz bevor das Licht ausgegangen war. Sie hatte ihn zuerst nicht erkannt, aber dann war es ihr eingefallen: Es war Max' Freund, Herr Krause! Martin!

Aber wieso hatte er auf einmal so wenig Haare?

Jetzt war das Licht wieder an, und Herr Krause führte Freddy ins Wohnzimmer. Er hielt ihm dabei ein kleines Messer mit einem metallenen Griff an den Hals, so eines, wie sie es einmal bei einem Doktor im Krankenhaus gesehen hatte. Annas Blick reichte durch die Küchentür über den Flur bis hinüber ins Wohnzimmer. Der Mann befahl Freddy, sich in den Sessel zu setzen. Er nahm eine Rolle breites Klebeband aus seiner Ledertasche.

Anna konnte sehen, wie er Freddy zwang, sich selbst die Füße zusammenzubinden. Dann musste er seinen rechten Arm an die breite Lehne des Sessel fesseln, den linken fesselte der Mann.

Plötzlich tauchte Tom in der Küche auf. Der Kater näherte sich neugierig schnuppernd dem Türspalt im Besenschrank, dann versuchte er, die Tür mit der Pfote aufzudrücken. Anna zitterte vor Angst.

»Tom, psst«, hauchte sie.

»Wo ist Anna?«, fragte der Mann. Sein Rücken verdeckte Annas Sicht auf Freddy.

»Sie ist nicht hier«, hörte sie Freddy antworten.

»Aha«, sagte der Mann nur.

Aufs Neue versuchte Tom, mit der Vorderpfote in den Türspalt zu gelangen. Anna nahm all ihren Mut zusammen. Schnell öffnete sie die Tür und packte den leise maunzenden Kater, zog ihn zu sich in den Besenschrank und schloss die Tür bis auf den kleinen Spalt wieder. Der Mann hatte sie nicht bemerkt.

***

»Ich hab euch beide gesehen«, sagte Kuschmann zu Freddy. »Wo ist sie?«

Kuschmann wartete, aber Freddy starrte schweigend geradeaus.

»Hast du die Sprache verloren?«, fragte Kuschmann. »Willst du den Helden spielen?«

Er machte einen Schritt auf Freddy zu. Mit einer schnellen Bewegung zog er ihm das Skalpell über den Kehlkopf.

Das Skalpell war so scharf, dass Freddy den Schnitt gar nicht wahrnahm. Die Wunde war nicht tief, schon gar nicht tödlich, aber sie blutete heftig. Freddy blickte an sich herunter und sah das Blut in einem breiten Streifen über seine Weste laufen. Jäh setzte jetzt auch der Schmerz ein, pochend und mit jedem Atemzug heftiger werdend.

»Keine Bange, ich find sie schon«, sagte Kuschmann kalt. »Und dann beschäftige ich mich mit *dir*.«

Langsam, als hätte er alle Zeit der Welt, ging er aus dem Wohnzimmer in den Flur.

»Anna!«, rief er sanft und lockend. »Anna!« Er betrat die Küche und verschwand aus Freddys Blickfeld.

»Anna«, hörte er Kuschmann in einem kindlichen Singsang rufen. »Anna? Wo bist du?«

***

Freddy hoffte inständig, dass Anna ein wirklich gutes Versteck gefunden hatte. Er biss die Zähne zusammen; der Schmerz wurde allmählich unerträglich.

»Anna? Wo bist du?«, sang Kuschmann. »Anna, ich seh dich! Du siehst mich nicht!«

***

Anna starrte angsterfüllt durch den Türspalt. Sie sah den Mann auf den Schrank zukommen. Und sie sah die Klinge in seiner Hand. Zitternd presste sie Tom an sich und drückte sich in die hinterste Ecke des Besenschrankes.

***

Der Telefontechniker hatte Ballauf gefragt, ob er rauchen dürfte, und Ballauf hatte es ihm unvorsichtigerweise gestattet. Jetzt rauchte der Mann Zigarette um Zigarette. Im Büro hing eine immer dichter werdende Qualmwolke.

Als das Telefon endlich läutete, atmete Ballauf tatsächlich auf. Egal, was jetzt kam, es konnte nicht zermürbender sein als dieses tatenlose Warten.

Der Techniker rückte seinen Kopfhörer zurecht und nickte ihm zu.

»Ja, Ballauf«, meldete er sich.

»Hallo!« Die Stimme klang aufgeräumt. »Wie fühlen Sie sich?«

»Gut, Herr Kuschmann«, log Ballauf.

Kuschmann lachte spöttisch. »Sind Sie endlich drauf gekommen«, sagte er.

»Herr Kuschmann«, sagte Ballauf, »geben Sie auf. Wir kriegen Sie sowieso.«

»Ja, Herr Ballauf«, sagte Kuschmann nur. Es klang, als freue er sich darauf.

Ballauf sah zu dem Techniker. Der hob den Blick von seinem Laptop und starrte ihn an.

»Der Anruf kommt aus dem Haus Ihrer Cousine«, flüsterte er.

Ballauf unterdrückte ein Stöhnen. Mit einer hilflosen Geste fuhr er sich durchs Haar.

»Sie steigen jetzt in Ihren Wagen und kommen hierher. Allein.«

Kuschmann sagte nicht, wohin Ballauf kommen sollte. Ihm war also klar, dass sie ihn orten konnten. Und er nahm es in Kauf.

»Wenn Sie den beiden nur ein einziges Haar krümmen, bring ich Sie um«, sagte Ballauf kalt.

»Na also.« Kuschmann klang befriedigt. »So langsam wird's persönlich. Bis gleich.«

Ballauf raste mit Vollgas Richtung Lindenthal. Als er mit Sirene und Blaulicht den Barbarossaplatz überquerte, konnte er gerade noch den Zusammenstoß mit einem Radfahrer vermeiden, der ohne Zeichen und offenbar blind und taub die Spur wechselte. Mit quietschenden Reifen hielt Ballauf den Wagen in der Spur.

Er zwang sich zur Ruhe. Beim Queren der Universitätsstraße ging er vom Gas, bis er sicher war, ohne Kollision hinüberzukommen. Am Gürtel hatte er Grün und ab hier freie Bahn bis zum Militärring. Er bog rechts ab und holte alles aus dem Motor, was drin war; kurz vor der Gleueler Straße überholte er noch einen Lkw und bog von der linken Spur aus rechts ab. Mühsam gelang es ihm, den Wagen unter Kontrolle zu halten.

Sein Adrenalinspiegel war weit im roten Bereich, als er in zweiter Reihe neben dem Wagen der Personenschützer hielt. Die Beifahrertür stand offen, ein Beamter hing bewusstlos auf dem Fahrersitz, den anderen konnte er nicht entdecken.

Ballauf zog seine Waffe und lief um das Haus herum. Die beiden Beamten an der Rückseite sahen ihn konsterniert an, als er mit gezogener Pistole die Wagentür aufriss.

»Was 'n los?«, fragte der Mann auf dem Fahrersitz. Er hielt ein Leberwurstbrot in der Hand.

»Kümmern Sie sich um die Kollegen vorne«, kommandierte Ballauf nur, dann lief er geduckt auf das Haus zu. Er spähte durch ein Fenster, konnte durch die Vorhänge jedoch nichts erkennen.

Vorsichtig ging er weiter; an jedem Fenster versicherte er sich, kein Ziel für einen Schützen im Innern zu bieten.

Endlich erreichte er die Haustür. Sie stand offen. Als er sie aufdrückte, gab es ein hässliches Geräusch. Der Boden lag voller Scherben.

In der Eingangshalle war niemand. Ballauf hob die Pistole und ging langsam auf den breiten Durchgang zum Wohnzimmer zu. Seine Schritte knirschten auf den scherbenbedeckten Schachbrettfliesen, sonst war kein Laut zu hören. Er schluckte einmal, bevor er entschlossen in den Durchgang trat.

Freddy saß auf einem der Fernsehsessel. Sein Mund war mit einem breiten Streifen Packband zugeklebt. Mit dem gleichen Band waren seine Füße gefesselt. Die Arme waren auf die Sessellehnen gebunden, in einer seltsamen Stellung, mit den Handflächen nach oben.

Im Sessel neben Freddy saß Kuschmann. Entspannt, die Ellbogen auf die Lehnen gestützt, sah er Ballauf an. Er schien unbewaffnet zu sein und lächelte ein kleines, böses Lächeln.

»Machen Sie es sich bequem«, sagte er höflich.

Ballauf dachte nicht daran, das Spiel mitzuspielen. »Wo ist Anna?«, fragte er, und seine Pistole zielte auf Kuschmanns Stirn.

Kuschmanns Blick wurde nachsichtig. »Meinen Sie, ich krieche in die Höhle des Löwen – ohne Rückversicherung?«, fragte er.

»Wo ist das Kind?«, beharrte Ballauf.

»Es geht ihr gut«, sagte Kuschmann. »Bis jetzt jedenfalls. Also setzen Sie sich hin, wenn Sie nicht wollen, dass Anna stirbt.«

Ballauf fing Freddys Blick auf, der eindringlich auf den freien Sessel wies. Langsam setzte Ballauf sich, aber der Lauf seiner Walther blieb auf Kuschmann gerichtet.

»Wie geht's weiter?«, fragte er.

Kuschmann hob mit einem traurigen Lächeln beide Hände. Die aus nur einem Meter Entfernung auf ihn gerichtete Waffe schien ihn nicht im Geringsten zu irritieren.

»Wir spielen die letzte Runde«, sagte er.

»Warum?«, fragte Ballauf.

»Das wissen Sie genau.« Kuschmanns Züge verhärteten sich.

Ballauf schüttelte den Kopf. »Ich habe damals nicht fahrlässig gehandelt«, sagte er ruhig. Freddy sah ihn an. In seinem Blick glaubte er, Ermutigung zu lesen.

»Nicht fahrlässig!« Kuschmanns Stimme triefte vor Sarkasmus. »Ja, so hat das Gericht das auch gesehen. Es war ein … ›bedauerlicher Unfall‹.«

»Es ist die Wahrheit«, sagte Ballauf eindringlich. »Und Sie sollten diese Wahrheit akzeptieren … Auch wenn sie sehr schmerzhaft ist, Ihnen keinen Trost gibt.«

Kuschmann stieß ein wütendes Schnauben aus.

»Ich muss mit dieser Schuld leben«, setzte Ballauf hinzu.

»Schuld … Wahrheit … Was wissen Sie davon?« Kuschmann sprach stockend, machte lange Pausen zwischen den Sätzen.

»Ich habe meine Frau über alles geliebt …«, fuhr er fort. »Als sie bei der Geburt meiner Tochter gestorben ist, dachte ich: Ich will das Kind nie sehen. Aber als ich den kleinen … hilflosen Wurm dann gesehen habe … Sie konnte ja nichts dafür.«

Immer wieder traf sein kalter Blick den Blick Ballaufs, aber der hielt ihm stand. Geduldig hörte er zu, wartete auf eine Gelegenheit, einzuhaken, eine Möglichkeit, an Kuschmanns Vernunft zu appellieren, falls davon noch ein Teil existierte und erreichbar war.

Freddys Blicke schweiften ruhelos durch den Raum, als suche er verzweifelt nach einem Ausweg.

»Meine Tochter war alles, was mir geblieben war. Dann haben *Sie* sie mir genommen …« Kuschmann fixierte Ballauf nun wütend. »Eine Tochter sollte nicht vor den Eltern ins Grab steigen … Sie haben mir *alles* genommen.«

»Das tut mir leid«, sagte Ballauf ernst. »Aber das gibt Ihnen nicht das Recht, unschuldige Menschen umzubringen.«

Kuschmann hatte den letzten Satz gar nicht wahrgenommen. Als Ballauf das Wort »leid« ausgesprochen hatte, verzerrte sich sein Gesicht.

»Leid!«, stieß er hasserfüllt hervor. »Ja, es *wird* Ihnen leidtun! Ich möchte, dass Sie genauso leiden wie ich. Ich möchte Sie am *Boden* sehen. Ich möchte, dass Sie morgens aufwachen und nicht wissen, wie Sie den Tag überstehen sollen. Es *wird* Ihnen leidtun, das *verspreche* ich Ihnen.«

Kuschmanns Stimme war immer lauter geworden, sein Gesicht eine Maske des Hasses.

Ballauf atmete tief durch. »Herr Kuschmann«, sagte er ruhig. »Sie sind krank, und Sie brauchen Hilfe.«

Kuschmann begann zu lachen. Er schien sich wirklich zu amüsieren und konnte sich kaum beruhigen. Aber das Lachen wechselte den Ton, wurde härter und klang schließlich nur noch böse. Der Zeigefinger seiner verkrampften Hand stieß nach vorn.

»Krank? Glauben Sie?«, brüllte er Ballauf an, Speichel trat in seine Mundwinkel. »Ich dachte damals, ich würde *wahnsinnig* vor Schmerzen. Und jetzt halten Sie Ihr Maul und fangen Sie endlich mit dem Spiel an! Sie brauchen einen klaren Kopf! Sie müssen die richtige Entscheidung treffen!«

Mit einer triumphierenden Geste griff er in eine Schale auf dem Wohnzimmertisch und präsentierte Ballauf zwei große, altmodische Glasspritzen mit langen Nadeln, beide gefüllt mit klarer Flüssigkeit. Er atmete heftig.

»Schauen Sie sich die beiden Spritzen hier genau an.« Er wies auf Freddy, der besorgt die Augen zusammenkniff. »Ich werde Ihrem Partner eine Spritze geben. Welche der beiden ich nehme, entscheiden *Sie* …« Kuschmann sah Ballauf mit flackernden Augen an. »Das eine ist ein harmloses Placebo«, stieß er hervor, »das andere ein schnell wirkendes Gift.«

Ballauf sprang aus dem Sessel auf und machte einen Schritt auf Kuschmann zu. Auch Kuschmann war aufgestanden, in jeder Hand hielt er Ballauf demonstrativ eine der beiden Spritzen hin.

»Wenn Sie ihn anrühren, dann drücke ich ab!«, brüllte Ballauf.

»Ich glaube nicht, dass Anna sich darüber freuen würde«, sagte Kuschmann mit hinterhältigem Grinsen. »Welche?«

»Hören Sie doch auf damit, das ist doch Wahnsinn«, sagte Ballauf atemlos. »Jetzt legen Sie die Scheiße doch wieder hin!«

»Reißen Sie sich zusammen!«, schrie Kuschmann. Tropfen seines Speichels trafen Ballauf im Gesicht.

Ballauf sagte nichts. Hilflos zielte er auf Kuschmann. Er wusste nicht, was er tun sollte.

»Mann! Welche?«, brüllte Kuschmann.

Ballauf schüttelte nur den Kopf. »Bitte ...«, sagte er leise.

Kuschmann drehte sich um. Er nahm beide Spritzen in die Linke, versetzte dem gefesselten Freddy einen heftigen Schlag ins Gesicht. Als Reaktion gab Freddy ein Knurren von sich, das eher wütend klang als schmerzerfüllt.

»Welche?« Kuschmann wedelte nun mit den Spritzen vor Ballaufs Gesicht herum. Seine Stimme überschlug sich hysterisch. »Welche?«

»Ich kann nicht«, antwortete Ballauf.

Kuschmann ließ nicht locker. »Welche?«

Aber Ballaufs Entscheidung war gefallen. »Ich spiel nicht mehr mit«, sagte er.

In Kuschmanns Gesicht spiegelte sich fassungslose Enttäuschung. Er ließ die Spritzen sinken und sah ratlos zwischen ihnen hin und her. Er zögerte, wirkte fast hilflos, aber nach einigen Sekunden fing er sich wieder.

»Dann eben die rechte«, sagte er energisch, warf die andere auf den Tisch und beugte sich zu Freddy hinunter. Mit der flachen Hand begann er, auf Freddys Armbeuge einzuschlagen, um die Venen besser sichtbar zu machen. Als er die Spritze ansetzte, ertönte aus Richtung der Küche ein Klappern.

Kuschmann sah hoch und ließ die Spritze sinken. Auch Ballauf sah zur Küchentür, aus der Tom gelaufen kam. Als Kuschmann den Kater sah, drehte er sich wieder Freddys Arm zu. Freddy wand sich auf dem Sessel, aber das Packband ließ ihm kaum einen Zentimeter Raum. Kuschmann presste die Nadel auf eine Vene und stieß sie hinein.

»Max?«, rief in diesem Moment Anna aus der Küche.

Ballauf traute seinen Ohren kaum. Plötzlich stand das Kind in der Küchentür. Als Kuschmann sie sah, hielt er für eine Sekunde in seinem Tun inne, aber dann begann er, den Kolben in die Spritze zu drücken.

Ballauf zögerte nicht.

Er schoss.

Er traf Kuschmann oberhalb der Schläfe. Der Mann sank zur Seite, kraftlos und mit geschlossenen Augen. Ballauf ließ die Pistole sinken. Dann warf er sie angewidert auf den Boden.

Anna kam aus der Küche gelaufen und klammerte sich an ihm fest. Er beugte sich zu ihr hinunter und nahm sie zärtlich in den Arm.

NEUN

»Das war ganz schön knapp«, sagte Freddy. Er hing entspannt auf seinem Bürostuhl, beide Hände in den Hosentaschen.

»Kann man sagen.« Ballauf hatte seine Lehne nach hinten gestellt und die Füße auf den Schreibtisch gelegt.

»Aber es ist *vorbei*, Max«, sagte Freddy.

»In *beiden* Spritzen war Gift«, sagte Ballauf und schüttelte den Kopf, als sei er enttäuscht, dass Kuschmann seine eigenen Regeln gebrochen hatte.

»Hast du was anderes erwartet?« Freddy lachte freudlos. »Wie geht's denn deiner Cousine?«, fragte er.

Ballauf lächelte in sich hinein. »Gut. Ist ja kein Krebs«, sagte er. »Außerdem hat sie sich ernsthaft Gedanken darüber gemacht, ob es 'ne gute Idee war, hierhin zurückzukommen.«

Freddy stieß ein fröhliches Lachen aus. »Kann man ihr nicht verübeln«, sagte er.

Auch Ballauf lachte, wenn auch etwas verhaltener.

***

Anna saß auf dem Rand des Bettes, ihre Beine in der bunt geringelten Strumpfhose baumelten fröhlich.

Beatrice sah Ballauf mit dem Blick an, den er die ganze Zeit gefürchtet hatte – aber ihre Stimmung war gnädiger als erwartet.

»Wenn du nicht so brav babygesittet hättest, müsste ich dir jetzt wirklich böse sein«, sagte sie nur.

Ballauf nickte schuldbewusst, dann verzog er das Gesicht und suchte in seiner Tasche nach dem Nelkenöl.

»Was ist denn?«, fragte Beatrice.

»Zahn«, antwortete Ballauf mit dem Finger im Mund.

»Darf ich ihn rausreißen?«, fragte Anna und sah ihre Mutter erwartungsvoll an.

»Ja, so siehst du aus«, lachte Ballauf unter Schmerzen. »Das ist kein Milchzahn! Ich seh mal lieber zu, dass ich meinen Zahnarzt besteche.«

Anna sah Beatrice an, und ihr kleines Gesicht wurde ernst.

»Bist du wieder ganz gesund?«, fragte sie.

Beatrice setzte sich neben sie und legte den Arm um ihre Schultern.

»Ja«, sagte sie lächelnd. »Gott sei Dank.«

»Ich wusste, dass du nicht sterben musst«, sagte Anna. »Max hat es mir versprochen.«

Beatrice bedachte Ballauf mit einem langen Blick. Dankbarkeit las er darin, aber auch das Wissen darüber, dass er ein riskantes Versprechen gegeben hatte.

Sie nahm Anna an der Hand und ging aus dem Krankenzimmer. Ballauf nahm den Koffer, aber dann blieb er noch einmal stehen.

Zum ersten Mal, seit dieser Alptraum begonnen und wieder geendet hatte, war er wirklich erleichtert. Er genoss den Moment.

Schließlich folgte er den beiden.

Blieb nur die Sache mit dem Zahnarzt.

Irgendwas ist halt immer, dachte Ballauf, und lachte in sich hinein.

Das Erste

SR

Martin Conrath
AUS DER TRAUM ...
Nach dem Tatort-Krimi von Fred und
Léonie-Claire Breinersdorfer
Begleitbuch zur gleichnamigen
ARD-Serie »Tatort«
Agentur: WDR mediagroup licensing GmbH
Broschur, 176 Seiten
ISBN 978-3-89705-661-9

Ein Bayer ermittelt im Saarland
Franz Kappl, der neue Kommissar der Kripo Saarbrücken, muss gleich bei seinem ersten Fall beweisen, was in ihm steckt. Eine Kollegin wurde übel zugerichtet tot aufgefunden. Aber plötzlich erscheint das unschuldige Mordopfer in einem ganz anderen Licht.

BR

Martin Schüller
A GMAHDE WIESN
Nach dem Tatort-Krimi von Friedrich Ani
Begleitbuch zur gleichnamigen
ARD-Serie »Tatort«
Agentur: WDR mediagroup licensing GmbH
Broschur, 160 Seiten
ISBN 978-3-89705-664-0

Kampf um die besten Wiesnplätze
München kurz vor Beginn des Oktoberfestes: Der Stadtrat, der bei der Vergabe der Wiesn-Lizenzen das letzte Wort spricht, wird ermordet. Während die Kommissare Batic und Leitmayr eine stattliche Liste von Geliebten des Toten abklappern, kämpfen die Wirte um die besten Plätze auf der Theresienwiese.